Kommissar Spaghetti und der Kaugummiteufel

Wolfgang Pauls

Kommissar Spaghetti

und der Kaugummiteufel

Mit Bildern von
Hans-Jürgen Feldhaus

KERLE
Freiburg Wien
Basel

2. Auflage

Printed in Germany
Satz: Vogel Medien GmbH, Korneuburg
Herstellung: Freiburger Graphische Betriebe 1997

ISBN 3-451-70168-5

Auch in diesem Band sind wieder mit dabei:

Kommissar Spaghetti . . .

. . . heißt eigentlich *Giacomo Pomeriggio*. Ausgesprochen wird das *Dschackomo Pommeriedscho*, denn er ist Italiener. Und dazu einen Meter neunundneunzig groß. Deshalb nennen ihn die Schüler auch *Spaghetti*.
Eigentlich spricht er perfekt Deutsch. Aber es macht ihm Spaß, nicht perfekt Deutsch zu sprechen. Besonders mit Rektorin Nothnagel. Von Beruf ist er Hausmeister an der Erich-Kästner-Schule in Lummelsbach. Sein Hobby sind verrückte Erfindungen. Deshalb ist er Mitglied im *Ersten und letzten italienisch-deutschen Nonsens-Erfinder-Club der Weltgeschichte*.

Benny von Australien . . .

. . . ist ein Känguruh. Genauer: ein männliches Rotes Riesenkänguruh. Ganze ein Meter sechzig hoch und 70 Kilo schwer. Kommissar Spaghettis Bruder Alfredo hat es aus Australien mitgebracht. Jetzt lebt es mit seinem "Herrchen Giacomo" in der Hausmeisterwohnung.

Rektorin Isabella Nothnagel . . .

. . . bringt es auf hagere ein Meter fünfzig. Ihre Stimme gleicht dem Kreischen einer Kreissäge. Sie liebt bürokratische Vorschriften. Und streng ist sie . . .

Frau Kertenbach-Besserkrott, Spitzname ***Ach-du-liebes-Kind . . .***

. . . ist immer schrecklich lieb zu den Kindern. Sie unterrichtet alles, aber am liebsten Musik.

Heribert Sack . . .

. . . wäre lieber Astronaut als Lehrer geworden. Er wiegt vier Zentner und unterrichtet Mathe, Deutsch, Religion und Sport.

Kathrin, Benny (Spitzname **Gameboy-Benny), José, Mecki, Pelle, Anna-Maria, Manuela, Alex, Steven, Angela, Sebastian, Kevin, Eva und und und . . .**

. . . das sind die Schülerinnen und Schüler der Erich-Kästner-Schule, die bei fast allen Fällen, die Kommissar Spaghetti löst, eine Rolle spielen.

Antonio Lenti (genannt Professore) **Bernardo Bettoliere, Erwin Raab** und **Charlotte Bizzl . . .**

. . . sind Kommissar Spaghettis »Kollegen« im *Ersten und letzten italienisch-deutschen Nonsens-Erfinder-Club der Weltgeschichte.*

Und **Lohengrin, Prinz von und zu Nieder-Kainsbach . . .**

. . . der hat auch mit dem Verein zu tun . . .

1

Unter jedem Schritt des Sportlehrers erzitterte der Turnhallenboden der Erich-Kästner-Schule wie bei einem Erdbeben. Kein Wunder, es war ein Federboden; und Lehrer Sack wog vier Zentner.
„An die Kletterseile! Bewegt euch!“ rief der schwergewichtige Pauker und ließ sich schnaufend auf die Sitzbank neben den Seilen fallen.
„Schade, daß der Sack nicht vormacht, wie man da raufkommt!“ raunte Alex seinem Freund Benny zu. „Dann bräuchten wir nicht mehr selber zu klettern.“
Benny glotzte Alex verständnislos an. Er hatte seinen Gameboy im Umkleideraum gelassen, und ohne Gameboy war er total durcheinander.
Flüsternd erklärte Alex seinem Freund, was er gemeint hatte: „Wenn der Sack uns das Klettern vormacht, dann reißen die Seile – ist doch logo!“
Herr Sack hatte gute Ohren, aber er sagte nichts dazu. Wenn er Alex zur Rede stellte, würde die ganze Klasse den Vorschlag mitbekommen – und sich darüber kaputtlachen. Nein, nein, Ei-

gentore sollten sich andere schießen. Zum Beispiel Alex. Denn der dicke Lehrer zögerte keine Sekunde, um sich für die Frechheit seines Schülers zu rächen. Scheinheilig grunzte er: „Alexander, du bist doch ein hervorragender Turner. Zeig deinen Klassenkameraden mal, wie man ohne Zuhilfenahme der Füße das Seil hochklettert."

„Nur mit den Händen?"

„Mit Händen und Armmuskeln. Du hast doch Armmuskeln, oder?"

Nun hatte Herr Sack die Lacher auf seiner Seite. „Jaaa, aus Pudding!" grölte Pelle, und Manuela lästerte: „Alex kommt da auch mit einer Hand hoch – aber nur, wenn Frau Nothnagel hinter ihm her ist!"

Natürlich schaffte Alex es auch mit zwei Händen nicht, und so mußte er sich, vom Gelächter seiner Klassenkameraden begleitet, von neuem hinten anstellen.

In der letzten Reihe läßt es sich gut träumen. So malte sich Alex in allen Einzelheiten aus, wie er Herrn Sack mit Hilfe der Klettertaue in eine Riesenroulade verwandelte. Und als er, nach drei weiteren vergeblichen Kletterversuchen, am Schluß der Turnstunde mit geschwollenen

Handflächen und roten Striemen an den Beinen zurück in die Umkleidekabine schlich, verpaßte er seinem unsportlichen Pauker – ebenfalls in seiner Phantasie – einen kräftigen Tritt in den Hintern.

Vielleicht wäre es gar nicht so falsch gewesen, wenn er das auch in Wirklichkeit getan hätte. Gar nicht so falsch für Herrn Sack. Denn der kam aus eigener Kraft nicht mehr von der Bank hoch. Normalerweise schaffte es der füllige Sport-, Mathe-, Deutsch- und Religionslehrer gerade eben, seine Massen zu bewegen. Aber diesmal saß er fest. Als er sich mit weltmeisterlichem Kraftaufwand von der Sitzbank hochstemmte, blieb seine Mammut-Trainingshose an der hölzernen Sitzfläche haften und rutschte ihm über die Knie.

Zu schade, daß schon alle Schüler im Umkleideraum waren, denn einen Augenblick lang stand Herr Sack in seinen geblümten Boxershorts da.

Ich bin festgebunden, schoß es ihm durch den Kopf. Das heißt ... äh ... meine Hose. Die verfluchten Gören haben meine Hose an die Bank geknotet oder genäht oder genagelt oder ...

Vorsichtig schob er die Hand unter seine rechte

Pobacke und – grunzte auf: „Pfui Teufel! Na, warte, wenn ich dich erwische!“
Wen? Den Kaugummikleber natürlich! Denn Herrn Sacks Trainingshose bappte gleich vierfach fest. So viele frisch gekaute Bubblegums hafteten an der hinteren Kante der Sitzbank – dort, wo Kathrin, Mecki, Anna-Maria und An-

gela sie „abgelegt“ hatten, bevor sie sich an die Kletterseile hängten. Unbemerkt von Herrn Sack hatten die Mädchen, die Hand hinterm Rücken, die Kaugummis entsorgt. Sie hatten nur auf der vorderen Hälfte der Sitzfläche gesessen, während Herr Sack – aber das kann sich ja jeder selbst vorstellen . . .

Wütend versuchte der Sportlehrer nun, das vierfach klebende Bio-Haftmittel von seiner Hose zu entfernen. Mit Erfolg – nur daß dabei seine Finger zusammenbabbten. Angeekelt beäugte er seine Hand: Eine Walroßflosse war nichts dagegen . . .

Das war zuviel! Wutentbrannt watschelte er in den Umkleideraum der Jungen – den Mädchen traute er eine derartige Unverschämtheit nicht zu.

Er riß die Tür auf und brüllte los: „Wer hat sein Kaugummi auf die Bank geklebt?“

Schweigen.

Blicke.

Grinsen.

Kichern.

Schweigen.

Schweigen.

Schweigen.

„Na, wird's bald?"
Bloß nicht lachen!
Bloß nicht lachen!
Bloß nicht lachen! rief sich José in Gedanken zu, denn gerade hatte sich Herr Sack umgedreht und ihm seine Kehrseite zugewandt. Die zwirnsfadendünnen Kaugummifäden führten vom Schlabberhosenboden der Mammut-Trainingshose zur frisch geklebten Walroß-Flossenhand des Lehrers.
„Na gut. Wie ihr wollt!" Herrn Sacks Stimme wurde bedrohlich leise. „Wenn der Täter sich nicht meldet, müssen eben alle die Unverschämtheit eines einzelnen ausbaden. Bis morgen schreibt ihr zusätzlich einen Aufsatz. Mindestens zwei Heftseiten. Thema: Warum ich kein Kaugummi auf die Sitzbank kleben soll!"
Kaum war Herr Sack mit seinem Kaugummifäden-Hinterteil durch die Tür zur Turnhalle verschwunden, schrie alles durcheinander: „Sauerei! Welcher Arsch war das?! Wegen dem kriegen wir 'ne Strafarbeit auf!"
„Wieso welcher Arsch", murmelte Steven, „das waren bestimmt die Mädchen."
Aber in dem allgemeinen Gegröle hörte ihn keiner.

2

Nachdem es Herrn Sack in der Lehrer-Umkleidekabine gelungen war, die Kaugummifäden-Mammut-Trainingshose gegen seine kaugummifreie Kammgarn-Alltags-Mammut-Ausgehhose zu vertauschen, schwabbelte er, mißmutig an einer Salamisemmel kauend, Richtung Lehrerzimmer.
„Kaugummi!“ grummelte er mit vollem Mund vor sich hin. Der Ekel, den er bei diesem Wort empfand, war ihm kilometerweit anzusehen. „Pfui Teufel! Kauen, ohne zu schlucken, essen, ohne zu essen, Durchgekautes auszuspeien das ist doch gerade dasselbe wie . . . wie . . .“
„Wiiiiderlich! Einfach widerlich!!“ durchschnitt eine Kreissägenstimme Herrn Sacks Versuch, einen passenden Vergleich für den vermeintlichen Schwachsinn des Kaugummikauens zu finden. „Aber wartet nur!“ – kreisch! – „Ihr werdet mich kennenlernen!“ – kreischkreisch! – „Saubande, allesamt!“
Die Kreissägenstimme gehörte keiner Geringe-

ren als der Schulleiterin. Rektorin Isabella Nothnagel beschimpfte und bedrohte in ihrer unnachahmlichen Art die ihr anvertrauten Kinder: Saubande, allesamt!

Was war geschehen? Hatten die Schüler der siebten Klasse sie von den Fenstern des Chemiesaals aus mit selbstgebauten Stinkbomben beworfen?

Schlimmer! In den ersten vier Minuten ihres Kaugummi-Kontrollgangs hatte Frau Nothnagel bereits achtundvierzig „Objekte" gesichtet und mit Hilfe einer Pinzette in einem eigens dazu mitgeführten Frühstücksbrotbeutel gesammelt. Achtundvierzig Kaugummis! In den Blumenkübeln im Treppenhaus, unter dem Waschbecken im Mädchenklo, an der Scheibe des Info-Kastens, im Durchgang zur Pausenhalle und, das war der endgültige Auslöser für ihren Wutausbruch, auf dem Türgriff zum Lehrerzimmer. Weil sie mit einem derartig frechen Attentat nicht gerechnet hatte, klebte die weißgraue Paste nun an ihrer Hand – Fäden ziehend zwischen Daumenballen und Türgriff.

„Na wartet! Ihr werdet mich noch kennenlernen!"

Herr Sack wollte sich eben den Drohungen sei-

ner Vorgesetzten anschließen, da steckte Frau Kertenbach-Besserkrott den Kopf aus der Tür zum Lehrerzimmer.
„Ist was passiert, Frau Nothnagel?"
„Was passiert? Fragen Sie nicht so scheinheilig! Das sind doch garantiert Ihre Schüler, die diese Sauerei veranstalten! Ja, Ihre Schüler! Gucken Sie bloß nicht wie ein Unschuldslamm! Meinen Sie, ich weiß nicht, daß sich die Kinder in Ihrem Unterricht jede nur erdenkliche Frechheit herausnehmen dürfen? Kauen und essen und trinken und schwatzen und toben und ... was weiß ich noch alles! Aber das hat jetzt ein Ende, verehrte Kollegin! Ein sofortiges und unwiderrufliches Ende – so wahr ich die Leiterin dieser Schule bin!"
Die gütigste aller Lehrerinnen hoffte, Herr Sack wurde sich schützend vor sie stellen. Doch sein grimmig nickendes Gesicht sah nicht danach aus.
Zum Glück für Frau Kertenbach-Besserkrott zog als nächster Hausmeister Giacomo Pomeriggio, genannt Kommissar Spaghetti, den Zorn der Rektorin auf sich.
Der lange Italiener kam fröhlich pfeifend den Gang entlang, in der Hand ein Ölkännchen, mit

dem er den Türscharnieren im alten Schulhaus das Quietschen austreiben wollte.
„Herr Pommeritzklo!“ keifte Frau Nothnagel, wobei sie in ihrem Zorn den Namen des Hausmeisters wieder einmal falsch aussprach. „Diese verdammte Sauerei ist allein Ihre Schuld!“
„Ich nix bin Schuldiger an gar nix“, beteuerte Kommissar Spaghetti mit dem einnehmendsten Lächeln der Welt.
Doch die vor Wut schäumende Schulleiterin war uneinnehmbar wie eine kanonenstarrende Wikingerfestung. „Hören Sie sofort auf zu grinsen!“ fauchte sie den freundlichen Italiener an. „Sie haben in der Schule für Sauberkeit und Ordnung zu sorgen. Das steht schwarz auf weiß in ihrem Anstellungsvertrag. Ich zitiere aus dem Gedächtnis: *Der Hausmeister ist gehalten, die gedeckten und ungedeckten Räume des Schulgebäudes technisch wie hygienisch in dem für den täglichen Gebrauch im schultechnischen Sinne erforderlichen Zustand zu erhalten.*“
„Aberrr ich bin eben, in diese *momento*, mit meine gänzliche Arbeitskrafte dabei, zu unterhalten die Gebäude von diese klapperige Schule.“
„Klapprige Schule? Klapprige Schule?! Das sagen Sie noch mal!“

„Klapperige Schule."
„Also . . . das ist ja . . . Sie, Sie . . .! Treiben Sie es nicht zu weit, ja?!"
„Ich treibe nix, ich unterhalte."
Frau Nothnagels Gesichtsfarbe wechselte von dunkelrot zu dunkelblau, und als sie Kommissar Spaghetti anschrie, klirrten im Treppenhaus die Fensterscheiben. „Sie sind nicht zur Unterhaltung hier, sondern um zu arbeiten!"
„Gestatten, gnädige Signora Nothenagel, daß ich zitiere nun meineseits aus die Anstellungsvertrage *a memoria*, zu deutsch auswendig: *Der Hausmeister ist verpflichtet, die beweglichen und unbeweglichen Gegenstände des Schulgebäudes technisch wie hygienisch in dem für den täglichen Gebrauch im schultechnischen Sinne erforderlichen Zustand zu unterhalten.*"
Da blieb der kleinen Rektorin die Luft weg. Wie ein Kaulbarsch auf dem Trockenen klappte sie den Mund auf und zu, bis sie endlich stotterte: „Das . . . da . . . wenn Sie sich da mal nicht irren. Das . . . ich werde das . . . unverzüglich werde ich das nachprüfen!"
Fluchtartig wollte sie in ihrem Büro verschwinden, aber Kommissar Spaghettis Baß hielt sie zurück: „Nun, wie ist es, Signora Nothenagel.

Sie wagten es, meine hausmeisterliche Person anzugreifen mit die Behauptung, ich seie *schuldig* an die Sauerei von die quietschende Türen in diese Hause, obwohl ich die Türen allewöchentliche – ich betone *allewöchentliche* – mit diese Kanne Öl öle und öle und öle! Soll ich also die Öle lassen, Signora Nothenagel? Soll ich die *Unterhaltung* von die bewegliche und ohne meine Ölung unbewegliche Türen in Zukunfte unterlassen? Hä, Signora Nothenagel? Soll dies meine *estrema unzione*, meine letzte Ölung sein?"

„Letzte Ölung – reden Sie doch keinen Unsinn! Und außerdem: Es geht ja gar nicht um die Türen, es geht um die Kaugummis. Hier, sehen Sie sich das an!"

Mit links hielt Frau Nothnagel den mit achtundvierzig Beweisstücken gefüllten Frühstücksbeutel in die Höhe, während sie die rechte, kaugummiverklebte Hand dem Hausmeister anklagend entgegenstreckte.

Ohne eine Miene zu verziehen, sagte Giacomo: „Es ist seeehr freundlich von Sie, Signora Nothenagel, daß Sie sammeln vorrrgekaute Gummis für *Principessa* Julchen (siehe *Kommissar Spaghetti und das Schwein im Lehrerzimmer*) und meine Benny Känguruh. Aber leider die Tiere kauen nicht Bubbelegummele. Und wenn sie fressen Bubbelegummele, das führt *innegabilmente*, unweigerlich, zu eine totale Verstopfung von die hintere Ausgang von die Darme. Sie verstehen? Tiere hinten zu, nix geht raus, Tiere platzen – bumm – Tiere tot, und *Sie* sind schuld, Signora Nothenagel. Nein, davor möchte ich Sie bewahren ein für alle Male."

„Sie haben ja nicht alle Tassen im Schrank!" befand Frau Nothnagel kurz und bündig, stürzte in ihr Büro und knallte die – quietschende! – Tür hinter sich zu.

„Prrf – prrrrff – prrrrfff – pf pf pf pf pf pf pf pf!" Frau Kertenbach-Besserkrott stand da – die Hand auf den Mund gepreßt, die Ellenbogen angewinkelt, die Schultern hochgezogen – und schüttelte sich vor Lachen.

Giacomo schmunzelte zufrieden in sich hinein. Herr Sack konnte der Szene nichts Lustiges abgewinnen. „Hier!" sagte er nur und zog den Reißverschluß seiner Sporttasche auf.

Als Frau Kertenbach-Besserkrott die Kaugummireste auf dem quadratmetergroßen Hosenboden der Mammut-Trainigshose sah, konnte sie sich nicht mehr halten. Sie nahm die Hand vom Mund und lachte so schallend los, daß sich daraufhin auch Kommissar Spaghettis Schmunzeln zu einem herzhaften Wiehern auswuchs. Wütend stopfte Herr Sack seine Hose zurück in die Tasche und dampfte tief beleidigt ab.

3

In dieser Pause lachten sich nicht nur Frau Kertenbach-Besserkrott und Kommissar Spaghetti schlapp. Das Thema „Kaugummi“ sorgte auch auf dem Schulhof für Heiterkeit. Und zwar bei einer Gruppe Mädchen, die, in Viererreihe untergehakt, an einer Gruppe Jungen vorbeischlenderte. Die Mädchen waren Kathrin, Mecki, Anna-Maria und Angela – die heimlichen Kaugummi-Entsorgerinnen.
Und die Jungen? Ganz einfach: alle Jungen aus der Klasse. Denn die standen immer noch wild diskutierend beieinander und verdächtigten sich gegenseitig.
„Das kannst doch nur du gewesen sein! Du kaust doch den ganzen Tag Kaugummi.“
„Iiich? Wieso ich?! An einem Kaugummi kau ich drei Stunden. Wie soll ich dann vier Stück auf die Bank geklebt haben, hä?“
Wieder hörte keiner, was Steven sagte: „Wer hat eigentlich vor Sack auf der Bank gesessen?“ . . .

Zwei Schulstunden später war das Thema bereits out – für die Schüler. Nicht jedoch für das Lehrerkollegium und Hausmeister Pomeriggio. Denn zu Beginn der letzten Pause schlug Frau Nothnagel zu. Mit der *1. Kaugummi-Kauverbot-Verordnung der Erich-Kästner-Schule*.

Neunzig Minuten lang hatte sie sich in ihrem Büro eingeschlossen, die Ohren mit Watte zugestopft, die Vorhänge vor die Fenster gezogen und im Schein ihrer Schreibtischlampe Hirnakrobatik betrieben. Das Ergebnis ihrer fieberhaften, von einer Wahnsinnswut gespeisten Überlegungen hackte sie sofort in die Schreibmaschine – ein Computer-Keyboard hätte die Hammerschläge ihrer Fingerspitzen nicht ausgehalten. Drei Seiten war das Machwerk lang, das sie mit dem Pausengong – rrrratsch – aus der gequälten Maschine zog. Das sollte ihr erst mal jemand nachmachen!

Ausgerechnet Bürokratenfeind Giacomo kam als erster in den Genuß der neuen Anordnung. Er war gerade dabei, mit einem Lappen „Marke Schlafanzugärmel" die von den Türscharnieren abwärts rinnenden Schmieröltränen abzuwischen, als die Schulleiterin auf das Lehrerzimmer zuschoß und ihm mit einem triumphierenden Grinsen die Schreibmaschinenblätter überreichte. Als wollte sie kontrollieren, ob der Hausmeister die taufrischen Paragraphen auch Wort für Wort verinnerlichte, blieb sie vor ihm stehen und nickte ihm auffordernd zu: Na, nun lesen Sie schon!

Einen Moment dachte Giacomo daran, Papierflugzeuge aus den Blättern zu basteln und sie vom zweiten Stock in den Müllcontainer auf dem Schulhof segeln zu lassen. Aber dann siegte seine Neugierde über die Spiellust und den Trotz. Er warf sich das ölige, ausgediente Schlafanzugteil über die Schulter und begann zu lesen:

<u>1. Kaugummi-Kauverbot-Verordnung</u>

der Erich-Kästner-Schule in Lummelsbach.

Das Kauen von eigens zu diesem Zweck industriell hergestellten Lebensmittel-Kunststoffen, die im allgemeinen Sprachgebrauch Kaugummi *genannt werden, ist mit sofortiger Wirkung verboten.*

Dieses Verbot gilt
(a) in allen Räumen des Schulgebäudes und der zur Schule gehörenden weiteren Gebäude (wie der Turnhalle oder dem Schweinehaus auf dem Gelände des Schweinotops – siehe Kommissar Spaghetti und das Schwein im Lehrerzimmer*) sowie*
(b) auf allen zur Schule gehörenden freien und parkartig bepflanzten Plätzen und Wegen (wie dem Schulhof oder dem Außenbezirk des Schweinotops).
Ebenso gilt dieses Verbot
(a) im allgemeinen für Kauende beiderlei Geschlechts, als da sind:
- *Frauen und Männer,*
- *Jungen und Mädchen*

(b) sowie im besonderen für Kauende aller gemischtgeschlechtlichen Personengruppen der Erich-Kästner-Schule, als da sind:
- *Schülerinnen und Schüler,*
- *Lehrerinnen und Lehrer*
- *sowie Hausmeisterinnen und Hausmeister.*

(ANMERKUNG: Eine Hausmeisterin ist zum Zeitpunkt des Erlasses dieser Verordnung nicht von der Verordnung betroffen, da sie an der Erich-Kästner-Schule nicht existent ist. Sollte zu einem späteren Zeitpunkt – genauer: nach dem Ausscheiden des

diensttuenden Hausmeisters, Herrn Giacomo Pomeriggio – ein weiblicher Hausmeister [gleich Hausmeisterin] die Hausmeisterstelle bekleiden, gilt diese Verordnung entsprechend.)

Aha, dachte Kommissar Spaghetti, da hofft die alte Schreckschraube doch tatsächlich, daß mich eines nicht zu fernen Tages eine Frau auf meinem Posten ablösen wird. Hahaaa! Wenn du dich da mal nicht täuschst, Isabella Nothnagel! Wenn hier einer vorzeitig die Segel streicht, dann bestimmt nicht Giacomo Pomeriggio! Dann schon eher du selbst!

Während sich Kommissar Spaghettis Miene zunehmend verdunkelte, wippte die Rektorin ungeduldig auf den Zehenspitzen. „Jedes Kind bekommt ein Exemplar davon mit nach Hause und läßt es von seinen Eltern unterschreiben. Und dann mache ich die Eltern schadenersatzpflichtig. Dann sollen sie die Reinigungskosten bezahlen."

Der Hausmeister schüttelte den Kopf. Nicht wegen der Eltern. Wegen der Schüler! Kein Kaugummi mehr! Das bedeutete doch: Schluß mit der entspannenden Kiefernmuskelmassage. Schluß mit dem rachenehmenden Auf-die-Bank-und-unter-den-Tisch-Kleben. Mit einem

Wort: *No bubblegum, no fun!* – Hm, war das wirklich so? Würden die Schüler der Erich-Kästner-Schule in Zukunft tatsächlich kein Kaugummi mehr kauen? Würden sie statt dessen daumenlutschend die Qualen langweiliger Mathe-, Deutsch- oder Biostunden über sich ergehen lassen? Nein! Sie würden weiter kauen. Hinter vorgehaltener Hand. Hinter dem Rücken des Vordermannes. In den dunklen Ecken des Schulhofs. Auf dem Klo.

Kommissar Spaghetti reichte der immer heftiger wippenden Rektorin die Seiten zwei und drei der Kaugummi-Verordnung. Die erste Seite behielt er in der Hand, um daraus einen Flieger zu falten – einen halben Meter über Frau Nothnagels Kopf.

„Was soll das? Lassen Sie den Unsinn!" kreischte die ein Meter fünfzig kleine Schulleiterin, bevor sie, wie eine Erstkläßlerin in die Höhe springend, versuchte, Kommissar Spaghetti den Papierflieger zu entreißen.

Doch der lange Italiener streckte seine Arme aus, und alles Hüpfen war umsonst.

„Bemühen Sie sich nicht, Signora Nothenagel!" rief er ihr aus lichter Höhe zu. „Ihre Anordnunge ist die Papier nicht wert, auf die sie steht geschrieben. Es sei denn, die Papier wird genutzet für eine Fliegezeug. Und wissen Sie, warum, Signora Nothenagel? Weil die Kinder werden *naturalmente,* natürlicherweise, weiter kauen ihre Gummi, wie sie weiter werden atmen Luft in ihre Lungen und laufen auf ihre zwei Beine über die Schulhof. Nur mit eine Unterschied, Signora Nothenagel: Angst wird halten Einkehre in diese Schule. Angst vor die Erwischung. Und wer wird sich erwische lasse? Die *lieben* Kinder. Nicht die schlaue. Nicht die freche. *Die* kauen weiter, und *Sie* sehen davon nicht ein Male die Bewegung von die Mund. Wollen Sie das, Signora Nothenagel? Ist es die Ziel von Ihre Anti-Gummi-Aktione, daß Sie die *brave* Kinder machen zu Kaugummi-Verbrecher?"

„Verbrecher, Verbrecher! Reden Sie keinen Unsinn! Es geht lediglich darum, daß . . ."

„Daß Sie, Signora Nothenagel, haben entlassen die zweite Putzefraue!"

„Wie? Was? Das hat doch mit der Kaugummisauerei nichts zu tun!"

„O doch, das hat zu tue mit die Kaugummisauereie! Die Kinder haben immer schon gekaut ihre Gummi. Immerrrr, und nicht erst gestern und heute. Aber die zwei Putzefrauen haben beseitigt die ausgespuckte und angeklebte Kaugummis von die Böden und die Bänke und die Griffe von die Tür. Deshalb alle die Jahre Herr Sack bleibte *nicht* kleben mit seine Elefantenhose, und deshalb auch Sie, verirrte Signora Nothenagel, konnten viele Male greifen an die Griffe von die Türe ohne die große Igittigittigitt. Das ist die Wahrheit, Signora Nothenagel. Sie alleine sind schuld an die Klebe-Sauereie in unsere Schule!"

„Also Sie sind ja . . . das ist ja . . . eine bodenlose Unverschämtheit ist das! Klebe *ich* etwa die Gummis an die Türen, hä?! Ich bin das *Opfer* dieser Anschläge, und Sie wollen mich zum Täter machen! Wissen Sie, was ich könnte?"

„Die zweite Putzefrau wieder einstellen, das könnte Sie, Signora Nothenagel!" gab Kommissar Spaghetti ungerührt zur Antwort. „Denn eine Putzefraue alleine schafft es nicht, zu sammele all die gekaute und gespuckte und geklebte Kauestoffe. Eine nicht, Signora Nothenagel."

Frau Nothnagels Augen wurden zu zwei zornesblitzenden Schlitzen, und mit zehn Kilo Gift in der Stimme zischte sie ihren Hausmeister an: „O doch, Herr Pomeritzko, eine Putzfrau allein schafft es, die Sauerei zu beseitigen – wenn Sie ihr dabei helfen. Hören Sie? Das ist ein Befehl! Eine Dienstanweisung! Ab sofort sammeln Sie mit Frau Lukajanow die Kaugummis ein. Alle Kaugummis, Herr Pomeritzko! – oder ich werde zur ..."

„Wildsaue, Signora Nothenagel? Wollten Sie sagen *Wildsaue*? Das brauchen Sie nicht mehr werden, Signora Nothenagel ..."

Mit diesen Worten riß Kommissar Spaghetti das Fenster auf und schleuderte den Kaugummi-Kau-Verordnungs-Flieger auf den Schulhof – wo er mitten in der große Pfütze vor dem Altpapiercontainer landete. Dann knallte er das Fenster wieder zu und stürmte, während Frau Nothnagel noch nach Luft schnappte, vier Stufen auf einmal nehmend treppab. Wie eine Beschwörungsformel murmelte er dabei immer wieder denselben Satz vor sich hin: „Schnell weg, Giacomo, schnell weg, sonst wirfst du die Alte auch noch aus dem Fenster!"

Um sich zu beruhigen, stopfte er sich in seiner Wohnung drei Kaugummis auf einmal in den Mund und stellte sich vor, wie er damit Frau Nothnagel auf ihrem Bürostuhl festklebte. Bis zum Ende des Schuljahres. Uff, tat das gut!

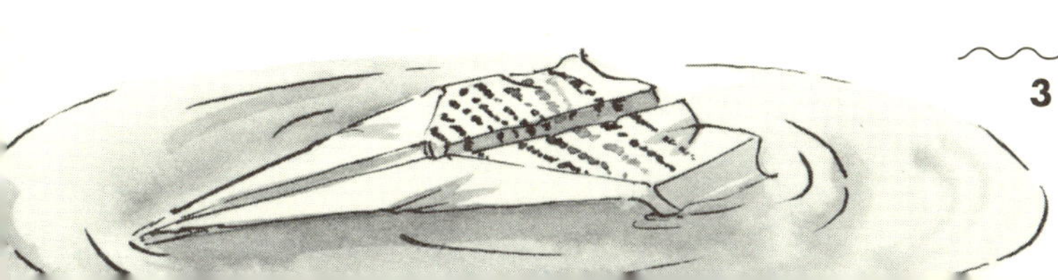

4

Leider klebte die Rektorin nur in Giacomos Phantasie auf ihrem Stuhl fest, denn in Wirklichkeit war sie höchst beweglich: Sie sauste mit einem Affenzahn hinter dem Hausmeister her. Aber nur auf den Schulhof. Genauer: bis zu der großen Pfütze vor dem Altpapiercontainer. Und als sie mit spitzen Fingern die erste Seite ihrer Kaugummi-Kauverbot-Verordnung aus der braunen Brühe fischte, stellte auch sie sich etwas vor: Wie sie den Hausmeister an den Haaren packte, um ihn anstelle des Papierfliegers durch das Dreckwasser zu ziehen. Hin und her und hin und her, bis er statt seiner Frechheiten nur noch weggeworfene Kaugummis ausspuckte – genau in den Restmüllcontainer auf der anderen Seite des Schulhofs, denn dort gehörten sie hin.

Zwei Minuten später hackte Frau Nothnagel den Text der ersten Verordnungsseite von neuem in die Schreibmaschine, auf ein neues, sauberes Blatt Papier. Und nach weiteren zehn

Minuten stand sie am Kopierer – jede Schülerin und jeder Schüler sollte ein Exemplar ihres Kaugummigesetzes mit nach Hause nehmen! Kein Wunder, daß es nach Schulschluß, an der Bushaltestelle, nur ein Thema gab: das Kaugummi-Kauverbot. Alle waren sich einig: Frau Nothnagel ist total bescheuert, und wer sein Kaugummi einfach irgendwo hinspuckt, der auch. Das Problem war nur: Wer spuckte sein Kaugummi nicht einfach irgendwo hin?

Innerhalb der nächsten drei Stunden spielte sich in ungefähr dreihundertsiebenundsechzig Lummelsbacher Wohnungen und Einfamilienhäusern die gleiche Szene ab. Mit den gleichen Personen: einer Schülerin oder einem Schüler und der dazugehörigen Mutter (oder – in zweiundvierzig Fällen – dem Vater):

„Hier, das sollst du unterschreiben."

„... Kaust du etwa auch Kaugummi in der Schule?"

„..."

„Ich hab dich was gefragt."

„Hä?"

„Ob du etwa auch Kaugummi in der Schule kaust."

„Iiich? Wieso denn das?"

„Und warum soll ich das dann unterschreiben?"
„Weil die Nothnagel spinnt."
„Hm ... dann gib mir mal deinen Füller."

Als sich die Rektorin der Erich-Kästner-Schule um 21 Uhr 30, kurz vorm Einschlafen, von der linken auf die rechte Seite drehte, geschah etwas im Dunkel ihres Schlafgemachs, was noch nie ein Mensch gesehen hatte und wohl auch in Zukunft niemals sehen würde: Frau Nothnagel lächelte. Langanhaltend und beinahe lieblich. Mit dem Gefühl, das Kaugummi-Problem gegen alle Widerstände endlich in den Griff zu bekommen, schlief sie beinahe selig ein – denn sie ahnte nicht im entferntesten, was in dieser Nacht in ihrer Schule geschah ...

Herr Sack war der erste, der am nächsten Morgen das schier Unglaubliche entdeckte – besser gesagt: der in das schier Unglaubliche hineintappte.
Wie gewöhnlich walzte er um halb acht in die Pausenhalle, um im Treppenhaus sein tägliches Konditionstraining zu absolvieren: vier Stufen aufwärts, stehenbleiben, ausschnaufen, Luft holen, vier Stufen aufwärts, stehenblei-

ben, ausschnaufen, Luft holen, vier Stufen aufwärts . . .
Aber so weit kam er an diesem Morgen nicht. Denn schon bei seinem ersten Schritt in die Halle blieb er mit der Schuhsohle auf dem Boden kleben und schlug, von seinem eigenen, olympiareifen Schwung fortgerissen, der Länge nach hin. Auf den Bauch. Normalerweise wäre er, den Flummi-Effekt seines Kugelrumpfes ausnutzend, wie ein Stehaufmännchen wieder in die Höhe geschnellt. Aber an diesem Morgen ging das nicht. Heribert Sack klebte fest. Mit dem Bauch, mit der Brust, mit Armen und Beinen, mit Kinn, Nase und Stirn, mit den Haaren. An siebenundachtzig frisch gekauten Kaugummis.
Zuerst glaubte Herr Sack, er träumte. Doch dann erinnerte er sich an den *Glibber-Bibber-Überfall* auf den Planeten *Bubble-5*, von dem er in einem seiner Science-fiction-Romane gelesen hatte. Sollte hier etwa auch . . .? Und bestand eventuell ein Zusammenhang zu dem Swino-

ten, den er, Weltraum-Fachmann Heribert Sack, vor dem Schlachthaus gerettet hatte, und der nun, als Sau getarnt, im *Schweinotop* der Erich-Kästner-Schule sein irdisches Dasein genoß (siehe *Kommissar Spaghetti und das Schwein im Lehrerzimmer*)?

Mühsam gelang es Herrn Sack, den Kopf zu drehen, um in die weltraumähnliche Weite der Pausenhalle zu spähen. Acht Kaugummis ziepten an seinen Haaren, doch tapfer ignorierte er den Schmerz. – Nein, kein Außerirdischer weit und breit ... Erschöpft ließ der schwergewichtige Lehrer den Kopf auf den Boden der Pausenhalle sinken.

So lag er eine Weile regungslos da, um Kraft für den gewiß mühsamen Akt des Aufstehens zu sammeln – da ließ ein Aufschrei sein Trommelfell erbeben.

„Iiiiiii!" hallte es hell und langgezogen von den Wänden wider.

Also doch! Ein Außerirdischer! Noch einmal hob Science-fiction-Freak Sack den Kopf und drehte ihn in die Gegenrichtung.

„Iiiiiiii!" schrie das Weltraumwesen – und entpuppte sich bei näherem Hinsehen als Herrn Sacks Schülerin Kathrin Schurick, die mit weit

aufgerissenen Augen in der geöffneten Schultür stand.
„Iiiiiiiii!“ schrie Kathrin noch einmal und floh zum Schulhof hinaus.
Vom Schulhof her stürzte ihr José entgegen, der sich ebenso wie seine Klassenkameradin bereits vor Ankunft des ersten Busses mit dem Wagen in die Schule bringen ließ (siehe *Kommissar Spaghetti und das Schwein im Lehrerzimmer*).
„Hast du 'ne Leiche entdeckt, oder was?“ versuchte er zu flachsen, als seine Freundin mit käseweißem Gesicht vor ihm stand.
„Herr ... Herr Sack!“ stammelte Kathrin nur, da stürmte José auch schon los. Die Schultür schwang auf, ein Schritt, und – José fiel der Länge nach über den dicken Lehrer, der gerade im Begriff war, seinen Bauch vom Boden zu lösen.
„Au!“ brüllte Herr Sack. José hatte ihn mit dem Fuß voll an der Schulter erwischt.
„Scheiße!“ fluchte José und faßte sich an den Kopf. Instinktiv hatte er versucht, sich abzurollen. Aber achtunddreißig Kaugummis nahmen ihm den nötigen Schwung, und er knallte mit dem Kopf auf den Boden.
Kathrin war hinter José hergerannt. Und als sie ihn hinschlagen sah und ihm aufhelfen wollte,

wurde auch sie Opfer des rätselhaftesten und brutalsten Kaugummianschlags der Weltgeschichte. Nur daß sie nicht *über* Herrn Sack fiel, sondern auf seinem Rücken landete.
Nachdem sich die drei Kaugummiopfer von dem ersten Schrecken erholt hatten, versuchten sie sich gegenseitig auf die Beine zu helfen – das heißt, Kathrin und José schafften es auch allein und reichten nun ihrem Lehrer die kaugummiverklebten Hände, der dankbar mit seinen kaugummiverklebten Händen zugriff, um einen seiner vier Zentner von Kathrin und José in die Höhe hieven zu lassen. Mehr als einen Meter mußten die beiden daraufhin rückwärts gehen, um wieder von Herrn Sack loszukommen, so weit dehnten sich die Kaugummifäden zwischen ihren Handflächen.
Die drei waren derart mit ihrer Selbst-Rettungsaktion beschäftigt, daß sie nicht merkten, wie eine Horde Fünftkläßler, vom Schulbus kommend, quer über den Hof auf die Pausenhalle zurannte. Bevor sie die Wettläufer warnen konnten, tobten auch die in die Halle und kullerten, einer über den anderen, munter durch die Kaugummilandschaft. Das Gekreische, mit dem sie ihren Klebe-Reinfall begleiteten, war bis auf den Leh-

rerparkplatz zu hören, wo in diesem Moment Frau Nothnagel aus ihrem Uralt-Golf kletterte. Was ist da los? Ein Überfall? schoß es ihr durch den Kopf.

Geistesgegenwärtig griff sie nach dem Regenschirm auf dem Beifahrersitz und hetzte, den Schirm wie einen Degen in der Rechten, auf die Pausenhalle zu. Durch die Scheiben machte sie verschwommen ein liegendes, sitzendes, stehendes, scheinbar kämpfendes Menschenknäuel aus.

Isabella Nothnagel packte ihren Regenschirm fester und warf sich ins Getümmel – wo sie prompt an Herrn Sacks kaugummibepflastertem Bauch klebenblieb.

„Lassen Sie mich sofort los, Herr Sack!" schrie sie den Vierzentnermann an.

„Loslassen? Wieso?"

„Weil Sie mich festhalten!"

„Ich halte Sie nicht fest. Sie kleben an mir."

„Ich – waaaaaas?"

Erst jetzt bemerkte die Rektorin die Ursache des ungewöhnlichen Pausenhallen-Getümmels, und als sie das Ausmaß des Anschlags erkannte, standen ihr die wenigen verbliebenen Haare zu Berge: Der vordere Bereich der Pausenhalle war rund um die Eingangstür mit frisch gekauten Kaugummis übersät. In der Mitte des Raumes lagen nur vereinzelt und wie zufällig hingespuckt Bubblegums herum. Aber weiter hinten, auf der Treppe ... Wahnsinn!! Da klebten wohl mehrere tausend fingernagelkleine weiße, rosa, gelbe Häuflein an den Stufen. Es war zum Haareraufen.

Verständlicherweise entschied sich Frau Nothnagel gegen das Haareraufen und fing statt dessen an zu toben. „So eine unglaubliche Schwei – ne – rei!!!!!!“ schrie sie mit der Lautstärke eines startenden Düsenjets. „Das lasse ich mir nicht

bieten! Der Wandertag wird gestrichen. Dafür findet ein Sammeltag statt. Ich werde auf der Stelle eine entsprechende Anordnung erlassen. Auf der Stelle!!!“

Vor der sperrangelweit geöffneten Eingangstür hatte sich inzwischen eine ständig wachsende Schülertraube gebildet. Selbst die drohende Streichung des Wandertags hielt die Mädchen und Jungen nicht davon ab, schadenfroh vor sich hin zu feixen oder kichernd Wetten darüber abzuschließen, ob es Frau Nothnagel gelingen würde, von Herrn Sack loszukommen, ohne sich die frischgebügelte Bluse auszuziehen.

Inmitten dieser Schülertraube genoß Kommissar Spaghetti das Schauspiel von Frau Nothnagels Wutausbruch. Genüßlich rief er ihr zu: „Das ist eine weise Entscheidung, Signora Nothenagel. Schreiben Sie die Anordnunge über die Sammelung von die Kauegummis hier auf diese Stelle, denn ohne vorherige Sammelung werden Sie nicht gelangen können in Ihre Büro. Die Treppe ist eine einzige Klebe, und – trotz alle Ihre wuuundervolle Begabungen, verärgerte Signora Nothenagel – fliegen können Sie nicht – höchstens aus die Fenster."

„Sie . . . Sie . . . Sie", kreischte die Rektorin, und das hörte sich an, als wollte sie losrappen. „Sie stecken doch dahinter! Das ist doch Ihr Werk! Sie wollen mir einreden, daß wir eine zweite Putzfrau brauchen, weil eine allein diese unglaubliche Schweinerei nicht beseitigen kann. Aber da haben Sie getäuscht, Herr Pommeritzko! Denn Sie werden heute, an dem vorgezogenen Wander . . . äh . . . Sammeltag, gemeinsam mit der ganzen Kaugummiklebebande die Sauerei beseitigen. Heute! Sofort!!!"

„Wie Sie wünschen!" erwiderte der lange Hausmeister mit einem Grinsen so breit wie ein Meterbrot lang ist. „Ich hole sofort eine Kübel heiße Wasser und schütte es über Sie, damit die Gummi aufweicht und Sie sich lösen von die Bauch von Herr Sack. Und dann schrubbele ich Sie mit die große Schrubber, bis Sie sind blank und rot und glänzend wie eine Tomate, bestrahlt mit die holländische Strahlen von Atom. *Uno momento,* Signora Nothenagel, einen Moment, ich bin gleich wieder da mit die heiße Wasser und die Schrubber. *Uno momento,* gedulden Sie sich!"

Kommissar Spaghetti drehte sich um und lief mit Riesenschritten über den Schulhof, hinüber in seine Wohnung – denn er hatte noch nicht gefrühstückt, und das wollte er jetzt nachholen.

Ob Frau Nothnagel glaubte, was der Hausmeister ihr angedroht hatte? Fast sah es so aus. Denn mit einer gewaltigen Kraftanstrengung riß sie sich von Herrn Sack los, schlüpfte aus ihren Birkenstock-Gesundheitsschuhen und sauste auf wollenen Öko-Strickstrümpfen quer durch die Pausenhalle und die Treppe hinauf – hundert Kaugummifäden spinnengleich hinter sich her ziehend.

Natürlich ließ sich der Wandertag nicht so ohne weiteres in einen Schul-Reinigungstag umfunk-

tionieren, das war auch Frau Nothnagel klar. Das Wandern war gesetzlich vorgeschrieben und sollte der Erholung vom stressigen Schulalltag dienen. Statt dessen Kaugummis vom Boden zu pulen – und bestimmt auch von Tafeln, Tischen und Stühlen –, das würde der Schulrat nicht gutheißen, sofern er davon erführe. Und er würde davon erfahren. Garantiert. Es gab immer ein paar dumme Eltern, die sich gegen die pädagogischen Entscheidungen der Schulleitung stellten. Und diese Eltern würden nichts Besseres zu tun haben, als auf dem Schulamt anzurufen und die Reinigungsaktion zu melden, dachte Frau Nothnagel. Mit dem Hausmeister war es ähnlich. Der war doch bestimmt in der Gewerkschaft. Und die Gewerkschaft hatte gute Beziehungen zum *Lummelsbacher Anzeiger*. Und den Lokalreporter des *Lummelsbacher Anzeigers* hatte Frau Nothnagel kurz vor Weihnachten angezeigt, als er seinen Wagen eine halbe Stunde lang vor ihrer Garageneinfahrt geparkt hatte.
Nein, mit einem Schul-Reinigungstag würde sie sich nichts als Ärger aufhalsen. – Aber trotzdem! Die Kinder hatten einen Denkzettel verdient. Und dieser Pommericko erst recht! Also, was tun?

Frau Nothnagel schlug sich mit der Faust gegen die Stirn, als wollte sie Schlagzeug spielen. Was tun? Was tun? Was tun? – Ah ja, das ist die Lösung! Hastig kritzelte sie ein paar Zeilen auf den Notizblock, griff sich das Mikro der Lautsprecheranlage und ließ ihre Kreissägenstimme durchs Schulhaus kreischen: „Achtung, eine Durchsage: Entgegen meiner spontanen Ankündigung in der Pausenhalle werde ich die Reinigung der Schule einer Reinigungsfirma übertragen. Leider kann die Firma erst morgen mit der Reinigung beginnen. Deshalb bitte ich alle Lehrer, das Hausfachpersonal und die Schülerinnen und Schüler schon einmal selbst Hand anzulegen, um die Schule wenigstens an den Orten von dem Kaugummibefall zu befreien, die häufig begangen werden, insbesondere im Treppenhaus und in der Pausenhalle. Danke!"

Es fiel ihr zwar nicht leicht, das *Danke* über die Lippen zu bringen, aber das Ergebnis ihrer Durchsage würde sie für die seelische Anstrengung entschädigen. Sollten sich dieser unverschämte Pommeritzko und seine miesen kleinen Kaugummi-Monster beim Kaugummisammeln nur gehörig die Finger verkleben!

5

Frau Nothnagels Rachsucht verfehlte ihr Ziel nicht. Auch wenn dadurch zwei Stunden Unterricht ausfielen – Spaß machte die Kaugummi-Sammlerei nur wenigen Schülern. Die meisten ekelten sich vor den elastischen Klebehäufchen, die sie mit Hilfe von Spachteln, Küchenmessern, kleinen Holzscheiten und Unmengen Klopapier von Fußböden, Treppenstufen, Tischplatten und Stuhllehnen abzogen und in den Restmüllcontainer warfen.

„Wenn ich die Sau erwisch, die das gemacht hat, bekleister ich sie so mit Kaugummi, daß sie drei Jahre braucht, um sich wieder freizupulen!" schimpfte Kevin, während er sich heimlich die Kaugummifinger an der Scheibe des Bio-Schaukastens abwischte.

Sebastian schaute seinen Freund fragend an. „Wieso *die* Sau? Fünftausend Kaugummis – wie soll die in einer Nacht ein Mensch kauen?"

„Ist mir doch egal."

„Vielleicht war's ja kein Mensch!" rief Manuela,

die das Gespräch der Jungen mit angehört hatte. „Vielleicht war's so 'ne Art Breitmaulfrosch, der hundert Kaugummis auf einmal schafft."

„Haha, wie lustig!" lästerte Sebastian, während er sich vergeblich bemühte, ein Kaugummi unter den Bio-Requisitenschrank zu kicken – er kriegte es einfach nicht von der Schuhspitze los.

Auf der untersten Treppenstufe, wo sich Mecki, Anna-Maria und Giacomo zu schaffen machten, war das Gespräch an demselben Punkt angelangt.

„Die Sache ist geradezu mysteriös", sinnierte der lange Italiener. „So viele Kaugummis – da muß eine ganze Kompanie dran gekaut haben."

„Oder eine ganze Klasse!" verbesserte Anna-Maria.

Kommissar Spaghetti wurde hellhörig. „Wie meinst du das?"

„Na ja – mit der Siebten hat die Nothnagel doch vorige Woche Zoff gehabt. Wegen der Klassenfahrt."

„Davon weiß ich gar nichts."

„Meine Mutter hat's mir erzählt. Auf der letzten Elternbeiratssitzung war das Thema. Die Klasse hatte die Eltern schon fast so weit, daß sie das

Geld für eine Woche in den Alpen bezahlt hätten. Mit Skikurs und allem Drum und Dran. Na ja, und da hat Frau Nothnagel rumgemotzt, das wär viel zu teuer, und die Schüler wären sowieso schon so verwöhnt und so weiter und so fort, du weißt ja, wie sie ist."

„Und jetzt meinst du, das könnte so 'ne Art Racheakt sein?"

„Vielleicht."
„Hmmm", brummelte Kommissar Spaghetti, „Racheakt . . . – aber so ganz gelungen wär der ja nicht."
„Wieso?"
„Na ja, guck uns doch an. Ich meine uns alle. Auch die aus der Siebten. Die holen sich genauso klebrige Finger wie wir. Auge um Auge, Zahn um Zahn: Frau Nothnagel hat zurückgeschlagen. Und wenn das Kaugummikleben Rache war, dann hat sie sich für die Rache gerächt."
Eine Weile sammelten die drei schweigend weitere Bubblegums ein.
Dann murmelte Mecki: „Also, du meinst, wenn es Rache war, und die Rache ging schief, dann rächen sich die Rächer noch mal."
„Könnt' ich mir vorstellen."
„Aber doch nicht wieder auf dieselbe Weise!"
„Warum nicht? Schließlich war der Anschlag ja irgendwie auch ein Erfolg. Ich meine, wie die Nothnagel getobt hat. Und wie sie aussah . . ."
„Und? Was schlägst du vor?"
Kommissar Spaghetti dachte ein paar Sekunden nach, bis er vorschlug: „Ich schalte meinen Verein ein", und wie aus einem Munde riefen

Anna-Maria und Mecki: „Und wir machen mit!“
„Scht! Nicht so laut! Sonst wollen alle dabeisein, und ihr wißt ja . . .“
„Die Existenz des *Ersten und letzten italienisch-deutschen Nonsens-Erfinder-Clubs der Weltgeschichte* ist absolut geheim!!“ setzte Mecki Kommissar Spaghettis Satz im Flüsterton fort. „Klar weiß ich das. Aber spätestens seit der Gameboy-Show (siehe *Kommissar Spaghetti und der Computertrick*) sind schließlich 'ne ganze Reihe Leute in dein Geheimnis eingeweiht. Und ein paar der Erfinder haben wir sogar voll in Aktion kennengelernt.“
„Daß diejenigen mitmachen, die schon mal mit dem Club zusammengearbeitet haben, dagegen hab ich auch nichts. Die haben ja auch bisher nicht geplaudert. Aber wenn ich mir vorstelle, die ganze Schule weiß Bescheid, dann ist der Verein so gut wie öffentlich bekannt. Und wenn er öffentlich bekannt wird, dann . . .“
„Dann wirst du aus dem Club ausgeschlossen und dazu verurteilt, deine ehemaligen Vereinsmitglieder bis an dein Lebensende mit original italienischen Nudeln, Wein und Kaugummi zu versorgen. Und das wiederum würde bedeuten,

daß du in Zukunft nach Feierabend Betteln gehen müßtest. Denn allein dein Clubkollege Bernardo trinkt pro Jahr 365 Flaschen Wein."
Giacomo war baff. „Woher weißt du das? Das ist Wort für Wort die Verräterklausel aus unseren Vereinsstatuten."
„Hast du mir doch selbst erzählt."
Bewundernd schüttelte Kommissar Spaghetti den Kopf: „So klein und ein Gedächtnis wie ein Elefant."
„Mecki ist ja auch 'ne Erfinderin", erklärte Anna-Maria das Phänomen.
„Ha! Hätt' ich fast vergessen. Vielleicht kann ich ja Mitglied werden in eurem Club."
„Was du forschst, ist doch kein Nonsens."
„Wart's ab!" lachte Mecki.
Noch konnte sie nicht wissen, daß sich dieser Witz schon bald als Wirklichkeit erweisen würde ...
Am Nachmittag führte Kommissar Spaghetti fünf Telefongespräche. Zuerst rief er seine Clubkollegen an und fragte sie, ob er einige der Kinder, die sie ja schon von früheren Aktionen kannten, in das „Vereinslokal" einladen dürfe. Er durfte.
Dann wählte er Meckis Nummer und fragte ihre

Mutter, ob Mecki ausnahmsweise mal abends an einer Forschungssitzung teilnehmen könnte. Ein paar Lehrer von anderen Schulen, die die Jugend-forscht-Idee unterstützen wollten, wären bei ihm zu Gast und würden sich gern mit Mecki unterhalten. (Zu Meckis Teilnahme am Jugend-forscht-Wettbewerb findest du einiges im Band *Kommissar Spaghetti und die steinharten Pausenbrote*.)

Dagegen hatte Meckis Mutter nichts einzuwenden – schließlich hatte der pfiffige Hausmeister von *Nonsens* – zu deutsch *Unsinn* – nichts gesagt.

Nun war Mecki an der Reihe. Nacheinander telefonierte sie mit Anna-Maria, Kathrin, José, Angela und Manuela, die ihr bei der Pausenbrot-Aktion assistiert hatten. Die fünf fragten ihre Eltern und meldeten sich anschließend wieder bei Mecki. Nur Angela durfte nicht mit. Ihre Mutter meinte, neunzehn Uhr sei ein bißchen zu spät. Die anderen Eltern erlaubten den Hilfs-Wissenschaftlerinnen und dem Hilfs-Wissenschaftler, Oberforscherin Mecki an diesem vermeintlichen Info-Abend zu unterstützen.

6

Vor lauter Neugier schafften die zu Nonsens-Hilfsforschern ernannten Jungen und Mädchen es nicht, bis neunzehn Uhr zu warten. Zehn Minuten vor dem Termin waren sie schon im „Vereinslokal" versammelt. Schließlich hatte Kommissar Spaghetti sie zum ersten Mal in die höchst geheimen heiligen Hallen des *Ersten und letzten italienisch-deutschen Nonsens-Erfinder-Clubs der Weltgeschichte* eingeladen. Hinzu kam, daß der ehemalige, fast zweihundert Jahre alte Kohlenkeller der Erich-Kästner-Schule als unheimlicher Ort verschrien war. Selbst Frau Nothnagel hielt sich dort nicht auf – wenn auch unter dem Vorwand, da stünde ja doch nur Gerümpel herum. In Wirklichkeit hatte auch sie – wie die Schüler – eine undefinierbare Angst vor den düsteren Kellerräumen, die Giacomo mit ausrangierten Tafeln, Stühlen und Tischen, Werkzeug und Gartengerät verbarrikadiert hatte. Denn über den alten Kohlenkeller grassierten seit Schülergedenken allerlei gruselige

Geschichten. Natürlich gab niemand zu, daß er daran glaubte, aber unheimlich war es trotzdem: Ein Verließ sei der Keller. Ein Kerker für ehemalige Lehrerinnen und Lehrer, die bei den Kindern nicht beliebt gewesen seien. Und für Schülerinnen und Schüler, die ihre Schulkameraden gehänselt, verpetzt, gequält oder sonstwie gemein behandelt hätten. Mit einem Wort: der alte Kohlenkeller galt als Ort des Schreckens, an dem die Seelen der blödesten aller in den vergangenen 180 Jahren verstorbenen Lehrer und Schüler bis zum Sankt-Nimmerleins-Tag herumgeisterten.

Natürlich schürte Hausmeister Pomeriggio die Angst wie kein zweiter, denn solange sich Schüler und Lehrer gleichermaßen vor dem Keller fürchteten, blieb das Vereinslokal vor ungewollter Entdeckung bewahrt.

Ungeduldig auf den ausrangierten Schulbänken hin und her rutschend, mit denen Kommissar Spaghetti den Kellerraum möbliert hatte, warteten Mecki, Anna-Maria, Kathrin, José und Manuela auf das Eintreffen der Clubmitglieder. Als um neunzehn Uhr die Glockenschläge der Martinskirche durch die geschlossenen Kellerfenster drangen, verstummte für ein paar Se-

kunden das Gespräch. Anna-Maria, Mecki und Manuela schauten auf ihre Armbanduhren, und José und Kathrin warfen sich einen Blick zu: Na, nun könnten sie aber bald kommen!
Die beiden hatten den Satz noch nicht zu Ende gedacht, da zuckten sie vor Schreck zusammen. Ein Lachen, zehnmal schauriger als die Gespensterstimmen aller Geisterbahnen der Welt, schwebte durch den Raum, hallte von den Wänden wider, schien von überall und nirgends herzukommen.
„Ah, der erste Kollege ist da!" freute sich Kommissar Spaghetti und drückte auf das linke Glasauge des ausgestopften Fuchses, der über dem Türrahmen auf unsichtbare Beute lauerte. Das Auge blinkte rot auf, das Geisterlachen verstummte und unmittelbar darauf hörten die Kinder, wie oben die Tür zum Schulhof aufsprang.
Als er sich wieder umdrehte, blickte der Hausmeister in fünf fragend aufgerissene Augenpaare und – lachte laut los.
„Hahaaa! Ihr habt doch nicht etwa Angst? Das war nur die Vereinsklingel, die ich auch als Warn- und Schockanlage einstellen kann – wenn ich auf das andere Fuchsauge drücke. Das

mache ich immer, wenn ich selbst nicht hier unten bin. Im Kellergang habe ich einen Infrarot-Bewegungsmelder installiert. Wenn jemand, dem unser Geheimnis verborgen bleiben soll, die Treppe herunterkommt, schaltet sich automatisch das Geisterlachen ein. Übrigens eine Erfindung von ... Ah, da ist er ja!"

Mit einem breiten, freudigen Grinsen stellte Giacomo Pomeriggio den Fünfen seinen Vereinskollegen vor, der in diesem Augenblick wie auf Kommando durch die Tür trat. „Das ist er: der große Nonsens-Erfinder *Professore* Antonio Lenti!"

Spontan klatschten die Kinder Beifall. Doch der *Professore* winkte ab. Er war ein eher bescheidener Mann mit einem zurückhaltenden, aber freundlich-gewinnenden Lächeln. Natürlich war *Professore* sein Spitzname. Von Beruf war er Friedhofsgärtner – was in gewisser Weise die

Erfindung der Geisterlach-Klingel-Warn-und-Schockanlage erklärte.
Kaum hatte sich der *Professore* gesetzt, ging es Schlag auf Schlag – das heißt Lach auf Lach, denn einer nach dem anderen „klingelten" nun die weiteren Vereinsmitglieder an der Eingangstür.
Als erster Erwin Raab – auf den ersten Blick ein selbstgefälliger, streitsüchtiger Meckerfritze, der als Schaffner bei der Deutschen Bahn AG seine Fahrgäste mit bahnbrechenden Nonsens-Erfindungen verärgerte. Zum Beispiel mit der nobelpreisverdächtigen Konstruktion eines Widerwort-Absauge-Geräts (siehe *Kommissar Spaghetti und die steinharten Pausenbrote*). Für den Verein jedoch war Erwin Raab eine Bereicherung – die Kollegen konnten sich so herrlich mit ihm kabbeln ...
Als nächster ließ Glatzkopf Bernardo Bettoliere die Geisterstimme kichern. Bettoliere, der Chaot. Der Erfinder der Schock-Beobachtungs-Schlange. Der begabteste Schriftsteller Mittel- und Südeuropas. Jedenfalls behauptete er das. Was er schrieb und wo er seine Werke veröffentlichte, wußte niemand – vielleicht nicht einmal er selbst.

Jetzt fehlte nur noch Charlotte Bizzl, die bekannte Fernsehmoderatorin. Auf ihr Drängen hin war der superstrenge Geheimhaltungsparagraph in die Vereinssatzung aufgenommen worden. Wenn nämlich bekannt würde, daß sie Mitglied des *Ersten und letzten italienisch-deutschen Nonsens-Erfinder-Clubs der Weltgeschichte* war, würden in Zukunft sämtliche Klatschblatt- und Sensations-TV-Reporter Deutschlands den Lummelsbacher Schulkeller belagern und jegliche Vereinssitzung von vornherein vereiteln.
Wie immer erschien Charlotte aus Geheimhaltungsgründen in abenteuerlicher Verkleidung. Diesmal kam sie als Heizungsbau-Notdienst-Monteurin: in einem grell-orangen Overall (sprich Latzhose) und knallgrünen, ölverschmierten Turnschuhen. Um den Hals hatte sie sich ein Schweißgerät gehängt, das Manuela an ein Stethoskop erinnerte, wie es die Ärzte im Krankenhaus bei der Visite tragen (nur, daß Ärzte ihre Patienten für gewöhnlich nicht schweißen, sondern mit dem Stethoskop abhören).
Als die Moderatorin sich im unterirdischen Vereinslokal vor Spähern sicher wußte, stieg sie ruckzuck aus dem drei Nummern zu großen Overall und brachte darunter ein nicht weniger

verrücktes Kostüm zum Vorschein: ebenfalls grell-orange und am Po mit vier Riesenbommeln verziert, die bei jedem Schritt wie Fußbälle an Gummibändern auf und ab wippten. Dann streifte sie sich die Schuhe ab und streckte, graziös wie die Prinzessin von Kuala Lumpur, ihre Hände in die Richtung aus, aus der nun der letzte Teilnehmer der Versammlung auftauchte: Richtung Eingangstür.

Dieser letzte Teilnehmer war, man höre und staune, ein echter Fürstensohn: Fürchtegott Lohengrin, Prinz von und zu Nieder-Kainsbach, letzter Sproß eines verarmten Adelshauses, ehemaliger Bundesliga-Ringer und – Charlottes Leibwächter. Er sah auch aus wie ein ringender Leibwächter. Nicht wie ein Prinz: von Kopf bis Fuß ein einziger Muskel, wenn auch schon ein wenig angefettet . .

Der leicht schwabbelige Bodybuilder mit dem 45er Colt unter der Achselhöhle ließ das Zahlencode-Schloß seines Diplomatenkoffers aufschnappen und entnahm ihm mit einer geradezu feierlichen Handbewegung ein Paar knallgrüne Stöckelschuhe. Mit drei schnellen Schritten war er bei seiner Arbeitgeberin und reichte ihr die Fußfoltern.

„Danke, Lohengrin“, klang es von oben herab, denn Charlotte war auch ohne Stelzen einen halben Kopf größer als ihr Beschützer.
Nachdem Charlotte Bizzl die eine Verkleidung gegen die andere getauscht hatte, hob sie die Hände hoch über den Kopf und rief: „Hi, Fans!“
„Hi, Charlotte!“ kam es einstimmig zurück, und wieder klatschten die Kinder Beifall.
Im Unterschied zu ihrem Erfinderkollegen Antonio Lenti sog die TV-Diva den Applaus in sich auf wie ein trockener Schwamm zwei Liter übergekochte Milch, bevor sie mit ausgebreiteten Armen auf Mecki zuhechtete und sie an ihr orangerotes Herz drückte. „Hi, Schwester Erfinderin, was machen die Silver-Brot-Bäume?“
„Du meinst wohl die Tierfutterproduktion?“ konterte Mecki mit schelmischem Grinsen.
Die Showmasterin boxte *Jugend-forscht*-Expertin Mecki kumpelhaft in die Seite. „Alte Schlange, hast mich damals ganz schön reingelegt, hm?“ (Was damit gemeint ist, findest du in dem Band *Kommissar Spaghetti und die steinharten Pausenbrote.*) Dann flankte sie lässig über die Sitzbank hinter Mecki und rief Giacomo zu: „He, du Star-Hausmeister, leg los, wir wollen was erfinden!“

Auf diese Aufforderung hatte Kommissar Spaghetti gewartet. Mit drei, vier Kreidestrichen warf er den Grundriß des Schulgebäudes an die ausrangierte Wandtafel und zeichnete anschließend die Stellen ein, an denen der Kaugummiteufel am massivsten zugeschlagen hatte: gleich hinter der Eingangstür zur Pausenhalle und im Treppenhaus.
„Und du vermutest wirklich, daß dieser überaus kreative Attentäter uns noch einmal mit seiner Kaugummisensation überraschen wird?"
„Überraschen hoffentlich nicht, verehrte Charlotte – deshalb sind wir ja hier."
„Ja, ja, natürlich, überraschen ist der falsche Ausdruck. Ich wollte sagen: daß er uns noch einmal erfreuen wird."
„Erfreuen ist gut", murmelte José mit einem Blick auf seine Fingernägel, unter denen immer noch weißgraugrüne Kaugummireste hervorschimmerten.
Die Showmasterin überhörte Josés Bemerkung und steigerte sich weiter in ihre Begeisterung hinein: „Und wenn er uns noch einmal erfreut, Giacomo-Schatz, dann bin ich zur Stelle. Mit meinem Kamerateam. Und der Lucky, mein Kameramann, filmt die ganze Super-Mega-

Bubblegum-Landschaft exklusiv in Großaufnahme und Totale ab. Und der Kaugummiteufel, Giacomo, der Kaugummiteufel wird der Gaststar in meiner nächsten Show! Na, was sagst du nun?“

Der Seufzer, den Kommissar Spaghetti in seinen nicht vorhandenen Bart hauchte, hörten nur Kathrin und José, denn die saßen in der ersten Reihe.

Für alle Ohren bestimmt, antwortete der lange Italiener seiner Nonsenskollegin mit Engelsgeduld: „Meine liebe Charlotte, sei so lieb und stelle dein berufliches Interesse für ein Stündchen hintan. Denn so lange werden wir mindestens brauchen, um die Grundidee für die Konstruktion eines Kaugummisensors zu entwerfen.“

„Kaugummisensor? Stark!“ platzte José los, während Antonio Lenti fein säuberlich *Cao-Guhmi-Sensore* in sein Nonsens-Notizheft schrieb – denn im Gegensatz zu Giacomo, der zuweilen nur so tat, als könne er nicht richtig Deutsch, sprachen Antonio und Bernardo auch nach den 20 Jahren, die sie inzwischen in Hessen lebten, immer noch ein höchst amüsantes Kauderwelsch.

Charlotte Bizzl vergaß ihren Kameramann und

jubelte: „Whow, ein Kaugummisensor! Hört sich voll geil an! Und wie stellst du dir so ein Teil vor, Giacomo-Schatz?“

„Tja, das ist der Punkt: Ich stelle mir überhaupt noch nichts vor – nur, daß das Ding funktionieren muß.“

„Also Kaugummis aufstöbern . . .“, murmelte Mecki vor sich hin, und wie von selbst formte sich in ihrer Vorstellung ein Gerät, das das Herz von Science-fiction-Fan Sack hätte höher schlagen lassen: eine Kreuzung zwischen einem Staubsauger und einer Eule; das Staubsaugerrohr war eine Kombination aus Riech-Rüssel (pardon: Riech-*Sensor*) und Tast-Fühler, während die Eulenaugen zwei Video-Linsen-Späher darstellten.

Kommissar Spaghetti hatte abwartend von einem zum anderen geschaut. An Mecki war sein Blick hängen geblieben. „Du lächelst so, Mecki. Hast du schon eine Idee?“

Die Nachwuchsforscherin wurde rot wie eine Flasche Johannisbeersaft – zumal sie jetzt alle anstarrten, und Antonio Lenti erwartungsvoll seinen Bleistift spitzte.

„Nee, nee“, wehrte sie ab, „das war . . . das ist . . . nur 'ne Spinnerei.“

„Alle großen Erfindungen sind zuerst Spinnereien!“ jauchzte Charlotte Bizzl. „Also, wie sieht die Ur-Idee deiner großen Erfindung aus? Komm, Schwester, zier dich nicht!“

„Na ja, also . . . so genau weiß ich das selbst noch nicht.“

Giacomo setzte sich auf den Tisch neben Mecki und sprach zu ihr wie zu einem kranken Goldfisch: „Wenn es nichts ist, vergessen wir's schnell wieder. Was meinst du, wie viele verrückte Ideen wir hier schon produziert haben. Je mehr desto besser, denn von zehn unbrauchbaren Einfällen bietet mindestens einer einen Ansatzpunkt für weitere Überlegungen. Dein Einfall vielleicht auch.“

Wahrscheinlich war es die Freundlichkeit seiner Goldfischsprache, die Mecki half, ihre Scheu zu überwinden. „Also“, begann sie und breitete die Arme aus. „Das Ding, das mir eben durchs Gehirn gespukt ist, ist ungefähr so lang und sieht so aus wie . . . äh . . .“

„Signorina Mecki, *prego*, bitte“, mischte sich der *Professore* ein, „nehmen Sie eine Stück von die Kreide und zeichnen Sie die Ding, die Sie sehen in Ihre Gehirne, für unsere Gehirne an die schwarze Brett.“

Giacomo grinste. „Antonio meint die Tafel. Aber er hat recht, vielleicht zeichnest du deine Idee einfach mal an."
Mecki zuckte die Achseln und ging vor zur Wandtafel.
„*Bravo! Bravissimo!!*" applaudierte Bernardo, als die Kreuzung zwischen einem Staubsauger und einer Eule der Forschungsgemeinschaft weiß auf schwarz vor Augen stand. „Welch eine wunderbare Erfindung. Fehlen nur noch die Ohren für Hören!"
Da mußte Mecki lachen. „Wie hören sich denn Kaugummis an?"
„Kaugummis? Ahhh – sooooo: . . ." Schmatz, schmatz, schmatz, schmatzte der Glatzkopf ungeniert los. „So hören sich Kaugummis an!"
Wieder errötete Mecki über beide Ohren. Daran hatte sie nicht gedacht: Kaugummis selbst geben natürlich keine Laute von sich. Aber wenn sie gekaut werden, dann hört man sie schon – beziehungsweise den Kaugummi-Kauer. Und den galt es ja auf frischer Tat zu ertappen.
Weil Bernardo sofort begriff, daß er seine junge Kollegin bei einem Denkfehler ertappt hatte, war er bemüht, das peinliche Schweigen schnell zu überbrücken: „Mich ist da gekommen eine

Idee: Wie wäre es, wenn wir wählen als Hör-Sensore eine Trichter für die Einfüllung für die Motoröl in die Automobile und koppelen diese Trichter mit eine Hörgerät für die Omis und Opis?"

„Unfug!" krähte Erwin Raab dazwischen – er war eben nicht so einfühlsam wie sein italienischer Clubkamerad. „Totaler Unfug! Meine Tante Eleonore hat so ein Hörgerät. Das empfängt jedes Geräusch und verzerrt es beim Verstärken bis zur Unkenntlichkeit. Versteht ihr, worauf ich hinaus will?"

Allgemeines Kopfschütteln.

„Sieht euch ähnlich", knurrte der griesgrämige Schaffner. „Wenn ich *jedes* Geräusch verstärke, dann auch die Geräusche, die sich störend über das Geräusch legen, das ich erlauschen will!"

„Hm, stimmt", murmelte Mecki, und Kommissar Spaghetti brüllte: „Wenn wir dich nicht hätten, Erwin!" und schlug dem Eisenbahner mit eiserner Hand auf die Schulter.

Erwin Raab nahm den Schmerz als Beweis der Anerkennung und nickte dem langen Giacomo dankbar zu.

„Ja, also was nehmen wir dann zum Horchen?" meldete sich Anna-Maria zu Wort.

„Ein Horchometer", stellte Erwin trocken fest. „So was gibt es doch an jeder Schule. Jedenfalls früher, in meiner Schulzeit."
„Horchometer?" Mecki schüttelte den Kopf. „Nie gehört."
„Ich auch nicht", gab der Kartenknipser zu. „Das heißt, ich weiß nicht, wie das Gerät heißt, an das ich denke, schließlich bin ich kein Physiker, und früher ist lange her. Aber ich weiß, wie es aussieht . . .", schloß er mit wichtigtuerischer Miene seine Rede.
„Und, wie sieht es aus?" rief José quer durch den Saal.
Sichtlich erfreut über das Interesse an seinem Geheimwissen wandte sich der eitle Hobbyforscher José zu. „Es sieht aus wie ein Tachometer. Oder wie eine Uhr. Oder . . ."
„Ein Phon-Meßgerät. Ein Gerät, das die Lautstärken von Tönen mißt", half Mecki dem Schaffner auf die Sprünge.
Erwin nickte genüßlich. „Genau, das meine ich!"
Als hätte er auf dieses Stichwort gewartet, sprang Giacomo auf und steuerte auf die Tür zu. „Mir nach, in den Physiksaal!"

7

Hätte Frau Nothnagel an diesem Abend ohne Voranmeldung den Physiksaal betreten, sie wäre garantiert in Ohnmacht gefallen. Denn was die acht Nonsens-Forscher und Kaugummi-Kämpfer mit dem schuleigenen Vorrat an Meßgeräten, Transformatoren, Schalttafeln, Lupen, Mikrophonen, Kontrollämpchen und Akkus anstellten, davon wagte nicht einmal Daniel Düsentrieb zu träumen.

Auf Wunsch Giacomos hatte Mecki ihren Entwurf auch an die Physiksaal-Tafel gezeichnet, und passend zu diesem Urbild eines Kaugummi-Sensors hatte das Forschungsteam begonnen, alle möglichen und unmöglichen Geräte und Geräteteile miteinander zu kombinieren. So waren Rumpf und Rüssel der Staubsaugereule bereits nach dreißigminütigem wilden Ausprobieren mit Meßinstrumenten fürs Ertasten, fürs Hören und fürs Auge bepflastert. Die nächste halbe Stunde fieberhafter Forschungsarbeit galt der Erprobung dieses aben-

teuerlich zusammengeschusteren Sensor-Monstrums.
Giacomo hatte eigens dafür zehn Päckchen Kaugummi mitgebracht, die er nun brüderlich unter den Anwesenden aufteilte. Weil erst alle Kaugummis gekaut werden mußten, wurde das Gerät zuerst in seiner Funktion als Kaugummi-Kau-Sensor überprüft. Bei jedem Schmatzer schlugen die Meßgeräte aus. Besonders bei Charlotte Bizzl, die die Bubblegums nur so knallen ließ. Erwin Raab erwies sich als der absolute Leisekauer. Nur auf der Anzeigen-Skala des fürs *Ertasten* der Kaugummis vorgesehenen Tastographen schlug die Nadel bis zum mittleren Bereich aus.
„Na bitte, sogar bei Erwin!" strahlte Charlotte. Daß es der *Tastograph* war und nicht das Phonmeßgerät, übersah sie in ihrer Begeisterung – ebenso wie ihre Kollegen.
Auch der anschließende *Wahrnehmungstest für das ruhende Kaugummi,* wie Erwin es vornehm wissenschaftlich formulierte, erwies sich (scheinbar) als Erfolg: Die eingebaute Videokamera erfaßte die von den Forschern zu Forschungszwecken auf den Boden gespuckten Kaugummis in voller Schönheit, und der Anzei-

ger des Phonmeßgeräts (den irrtümlicherweise alle für den Anzeiger des Tastographen hielten) schlug (unverständlicherweise) bis zum Anschlag aus, sobald mehr als drei Kaugummis pro Quadratmeter weniger als sieben Meter entfernt waren. Das hatte Erwin Raab mit seinem Kursbuch-Streckenrechner genau errechnet.
Zu Meckis ursprünglicher Idee gehörte auch noch ein Riech-Sensor. Aber da niemandem einfiel, wie sich Gerüche physikalisch-technisch

erfassen ließen, mußte der Kaugummisensor eben ohne einen Riechkolben gebaut werden. Giacomo holte bereits drei große Flaschen Cola und sechs Flaschen besten italienischen Chiantiweins aus seiner Wohnung, um mit seinen Kollegen und ihren Helfern auf den (vermeintlichen) Erfolg anzustoßen . . .

Um vierzehn Uhr am Tag darauf fuhr der Kleinbus einer Frankfurter Gebäudereinigungsfirma an der Erich-Kästner-Schule vor, und die vier Putzprofis, die ihre mitgebrachten Spezialsauger, -sprüher und -bohnermaschinen ins Schulgebäude schleppten, machten sich über die letzten und hartnäckigsten Kaugummireste her. Argwöhnisch kontrollierte Frau Nothnagel jeden Zentimeter, den die Gebäudereiniger bearbeitet hatten. Und als die Putzteufel um siebzehn Uhr ihre Siebensachen zusammenpackten, war sie, allem Argwohn zum Trotz, mit dem Ergebnis zufrieden und verabschiedete die vier Männer mit einem großzügigen Trinkgeld in Höhe von 80 Pfennig – für alle zusammen, versteht sich.
Vom Fenster der Hausmeisterwohnung aus hat-

te Kommissar Spaghetti mitbekommen, wie Frau Nothnagel dem Kolonnenführer ein paar Münzen in die Hand drückte. Daraus schloß er, daß sie nicht nur mit der Arbeitsleistung der Gebäudereiniger zufrieden war, sondern sich auch als Siegerin im Kaugummikampf fühlte.

Aber war das wirklich schon der Sieg? Giacomo wußte nicht, warum, aber irgend etwas in seinem Hinterkopf sagte ihm: Der Kaugummmiteufel schlägt noch einmal zu. Gerade jetzt, wo alles so schön blank ist. Wo Frau Nothnagel beinahe genauso strahlt wie der Parkettboden der Pausenhalle. Wo sie glaubt, die Sache sei ausgestanden.

Als Mecki ihn kurz vor sechs Uhr abends anrief, teilte er ihr deshalb mit, daß er sich in dieser Nacht mit dem Kaugummisensor auf die Lauer legen würde. Er allein. Denn seine Kollegen vom *Ersten und letzten deutsch-italienischen Nonsens-Erfinder-Club* wären in dieser Woche terminlich ausgebucht. Und ein Notfall, der laut Vereinssatzung ihren Einsatz erforderlich gemacht hätte, läge nicht vor – falls er den Kaugummiteufel auf frischer Tat ertappte, er würde schon mit ihm fertig werden.

Natürlich widersprach Mecki ihm aufs heftigste: Giacomo allein gegen diesen oder diese Gangster, schließlich könnten es fünf oder zehn Leute sein, das wär der reinste Wahnsinn. Das würde sie nie und nimmer akzeptieren. Er brauchte auf jeden Fall Unterstützung. Basta!

„Nix basta!“ konterte Giacomo. „Ich versprech dir: Wenn es mehr als drei sind, verfolge ich sie nur.“

„Und wenn sie dich erwischen?“

„Pah! So dünn und lang wie ich bin, da kann ich mich hinter jedem Laternenpfahl unsichtbar machen!“

„Trotzdem!“ beharrte Mecki.

Kommissar Spaghetti maß Meckis Beharrlichkeit nicht allzuviel Gewicht bei. Schließlich könnten Mecki, ihre Freundinnen und José ja bei der Sensor-Aktion gar nicht mitmachen. In der Nacht müßten sie nun mal in ihren Betten liegen – basta!!

Bei dieser Einschätzung der Sachlage hatte der Hausmeister eines übersehen: Mecki war eine Erfinderin – auch, wenn es um ganz alltägliche Dinge ging, wie zum Beispiel dem Austricksen der Eltern. Die nächste halbe Stunde telefonierte sie wie eine Weltmeisterin: zuerst mit Manuela, dann mit Anna-Maria, Kathrin und José.

Und als ihre Mutter, wie immer schrecklich in Eile, um kurz nach halb sieben aus dem Haus stürzen wollte, um noch rechtzeitig zu ihrem Steptanz-Training zu kommen, stellte sie sich ihr in den Weg und fragte mit einem scheinheiligen Lächeln: „Äh, Mami? Darf ich heute nacht bei Manu schlafen?“

„Damit kommst du mir jetzt?“

„Manu hat eben angerufen, als du im Bad warst“, log Mecki.

„Na ja, dann ... – Von mir aus!“

Ach, wie Mecki da strahlen konnte!

„Danke, Mami! Ich fahr dann gleich zu ihr.“

„Mit dem Rad?“

„Ist ja noch hell.“

„Na gut. – So, jetzt muß ich aber los. Tschüß, bis morgen nach der Schule.“

„Tschüß, Mami, und vielen Dank!“

Kopfschütteld sprang Meckis Mutter in ihren Wagen: Die Kinder überraschen einen doch immer wieder – „vielen Dank“ – soviel förmliche Freundlichkeit war sie von ihrer Tochter gar nicht gewohnt ...

Kaum bog ihre Mutter um die Ecke, rief Mecki Manuela an: „Hat geklappt. Und bei dir?“

„Bei mir auch!“

„Super! In zehn Minuten vor der Sparkasse?“
„Okay!“
Vor der Sparkasse? Wieso das? Ganz einfach: an der Sparkasse kreuzten sich Meckis und Manuelas Schulweg ...

Zwanzig Minuten nachdem sie den Hörer aufgelegt hatten, radelten die beiden nebeneinander auf den Schulhof. Ausnahmsweise versteckten sie ihre Räder im Gebüsch hinter dem *Schweinotop* – damit der Kaugummiteufel keinen Verdacht schöpfte, falls er tatsächlich auftauchte.
Zwei Minuten später öffnete Hausmeister Spaghetti auf Meckis Läuten die Wohnungstür.
„Ihhhhr?“ fragte er mit einem Unterton, der an ein aufkommendes Gewittergrollen erinnerte.
„Ja, wir!“ gab Manuela fröhlich zurück. „Dürfen wir reinkommen?“
„Hm“, knurrte Kommissar Spaghetti, während er den Mädchen die Tür aufhielt. Und als er sie hinter ihnen schloß, stellte er mehr fest, als daß er es fragte: „Ihr seid doch nicht zufällig hier.“
Die Freundinnen kicherten. Der Coup machte ihnen sichtlich Spaß. „Nein, nicht zufällig.“

Ding-dong läutete die Glocke der Hausmeisterwohnung aufs neue.
„Na wartet, wenn das ...", brummelte der lange Italiener und machte die Tür auf. Draußen standen Anna-Maria und Kathrin.
„'n Abend, Giacomo! Dürfen wir reinkommen?"
„Ähäm", räusperte sich Kommissar Spaghetti und machte Kathrin und Anna-Maria Platz, damit sie – nicht weniger kichernd als ihre Klassenkameradinnen – in den Flur treten konnten.
Ding-dong.
„Also, das ist doch ..."
Diesmal riß der lange Italiener die Tür auf. Die Mädchen hörten auf zu kichern, und als Manuela und Mecki sich anschauten, zogen beide die Mundwinkel nach unten, als wollten sie sagen: Na, gibt das echt dicke Luft?
José strahlte Kommissar Spaghetti ebenso fröhlich an wie seine Mitverschworenen. Aber damit kam er nicht weit.
„Komm rein!" blaffte Giacomo ihn an, und als daraufhin Benny auf den Flur gehoppelt kam, schnauzte er das arme Känguruh an: „Du doch nicht, *maledetto manzo australiano*, verfluchter australischer Ochse!"

Als Benny daraufhin mit hängenden Ohren im Wohnzimmer verschwand und die fünf Verschworenen wie begossene Pudel dastanden, mußte sich Kommissar Spaghetti arg zusammenreißen, um nicht laut loszulachen. Mit Macht schob er den Unterkiefer vor wie ein Neandertaler vorm Angriff auf eine Mammutherde und zog gleichzeitig die Augenbrauen Richtung Nasenwurzel. Grrrrr!
Unwillkürlich wichen die Kaugummifighter vor ihrem Freund Giacomo zurück – so hatten sie ihn noch nie gesehen!
„So, und jetzt will ich wissen, was hier gespielt wird!"
Mecki fühlte sich für ihre Klassenkameraden verantwortlich, schließlich hatte sie sich die Übernachtungslüge ausgedacht.
„Wir ... ich meine, ich ...", stotterte sie los, „ich

hab den andern gesagt, sie sollen sagen, sie schlafen ... ich meine, jeder schläft bei dem andern, also ich bei Manu und Manu bei mir. Zum Beispiel."

„So, das hast du den andern gesagt. Und wo schläft José, hä? Etwa bei mir?"

„Nein, äh ... José ..."

„Ich schlaf bei Pelle."

„Und Pelle? Wo ist der?"

„Bei sich zu Hause. Das ist nur zur Sicherheit. Ich mein, falls meine Eltern ihn fragen. Ich hatte noch was gut bei ihm."

„'ne Lüge, hm?" Giacomos Augenbrauen schienen sich an der Nasenwurzel zu überkreuzen.

„Nee. Fünfzig Fußballsticker. Die kann er jetzt behalten."

„So, Sticker ..." Der lange Italiener preßte die Lippen aufeinander, als wollte er eine Walnuß knacken. Jetzt bloß nicht loswiehern! Auf, Giacomo, kannst dich doch noch gut daran erinnern, wie dein Vater dich angebrüllt hat, als er erfuhr, wie du deinem Lehrer auf der Klassenfahrt in die Schuhe gepinkelt hast. Brüllen, Giacomo, brüllen!!

„Ja, sagt mal, spinnt ihr denn totaaal?" Ein Vulkanausbruch war nichts dagegen. „Ihr wollt

dem Kaugummiteufel auflauern. Heute nacht. Zusammen mit mir. Stimmt's?"
Zehn schreckgeweitete Augen signalisierten „Ja, aber wir tun's nie wieder!"
„Was meint ihr, was passiert, wenn das rauskommt, hä? Dann war ich die längste Zeit Hausmeister an der Erich-Kästner-Schule! Dann kann Frau Nothnagel endlich die Hausmeisterin einstellen, von der sie träumt!"
„Quatsch!"
Das war Kathrins Geschoß. Voll aus der Hüfte. Giacomo ging die Luft aus wie einem aufgeblasenen Rummelplatzteufel. Da sagt diese Kathrin doch einfach Quatsch. Ganz schön mutig!
„Echt, Giacomo, du spinnst. Wenn es wirklich rauskommt, daß wir hier waren, brauchen wir doch bloß zu sagen, du hast nichts davon gewußt. Wir haben uns heimlich in die Schule geschlichen, während du geschlafen hast – ist doch klar!"
„Hm, klar, ja . . .", konnte Kommissar Spaghetti gerade noch murmeln, bevor die ganze Bande in ein Indianergeheul Marke „Siegesjubel" ausbrach.
„Juuuuuuuuuu! Wir fangen den Kaugummiteufel!!!"

8

Es war kurz nach Mitternacht. Wie die sieben Schwaben schlichen sie durchs Schulgebäude: der lange Giacomo vorneweg, den Kaugummisensor wie eine Lanze ins Dunkle gerichtet. Nur die digitalen Anzeigen für die Phon- und Tastmessung schimmerten mattgrün wie abgedunkelte Gameboy-Displays.

Mecki, Manuela, Kathrin und Anna-Maria folgten dem Hausmeister im Halbmeterabstand, während José und Benny Känguruh das Schlußlicht bildeten – ohne zu leuchten, versteht sich. Diese Schleichanordnung hatte Kommissar Spaghetti bestimmt. Aus Sicherheitsgründen. Er wollte nicht riskieren, daß eins der Mädchen oder José allein auf den Kaugummiteufel stießen. Oder auf die Kaugummiteufel – vermutlich waren es ja mehrere Attentäter! Außerdem hatten sie nur einen Sensor. So gingen die sieben Kaugummifahnder nach einem zuvor in Giacomos Küche gemeinsam ausgeklügelten Kontrollgangplan,

den Frau Nothnagel nicht besser hätte entwerfen können, im lautlosen Tigergleichschritt die Eingänge und Räume der Schule ab. Fünfundvierzig Minuten benötigten sie für einen Rundgang.
Plötzlich blieb Giacomo ruckartig stehen.
„Was ist?" hauchte Mecki hinter ihm.
„Die Phonanzeige!" flüsterte er zurück.
„Laß sehn!"
„Hier! Leichter Ausschlag. Im Halbsekundentakt."
„Wahnsinn! Der typische Kaurhythmus."
„Und manchmal . . . Jetzt wieder . . ."
„Ja, was denn?"
„So seltsame Zwischenausschläge. Auch im Takt. Aber kürzer. Und schwächer."
„Da kauen noch mehr. Nur schneller!"
Die letzten Worte hatte Mecki so laut geflüstert, daß auch die anderen sie verstanden.
„Was? Wo? Das gibt's doch nicht! Zeig her!" wisperten sie alle durcheinander, und auch Benny Känguruh beugte sich neugierig über den Kaugummisensor als wollte er sagen: Tatsächlich – die Kaugummiteufel!
„Das Kauen kommt von draußen", stellte Kommissar Spaghetti fest, nachdem er den Sensor

auf das gekippte Fenster neben der Tür zum Schulgarten gerichtet hatte.
Manuela nickte: „Vom Schweinotop!“, und José ergänzte begeistert: „Voll geil!“
Kurz entschlossen zog der lange Hausmeister den dicken Hausmeisterschlüsselbund aus der Hosentasche, bevor er kurz und bündig entschied: „Ich seh mir das mal aus der Nähe an. Ihr wartet hier auf mich!“
„Warten?“
„Wir?“
„Wieso?“
„Nee!“
„Wir kommen mit!“
Wie ein Ping-Pong-Ball hüpften die gedämpften Ausrufe der Empörung und des Widerstands durch die Reihe der fünf Freunde.
Was sollte Giacomo da machen? Befehlen konnte er seinen Mitstreitern nichts, schließlich waren sie hier nicht im Klassenzimmer. Und auf eine Diskussion konnte er sich schwerlich einlassen. Jetzt oder nie hieß die Devise. Solange die Kaugummiteufel da draußen kauten, war die Gelegenheit günstig, sie zu überraschen. Denn ein kauender Kaugummiteufel hört seine Kaugeräusche lauter als die Schleichschritte

eines näherkommenden Kaugummifahnders! Also gut . . .
„Dann kommt!“ gab Oberfahnder Giacomo sich geschlagen.
Nachdem er das Kunststück fertiggebracht hatte, die frisch geölte (!) Hintertür der Erich-Kästner-Schule ohne das leiseste Schlüsselgeklimper zu öffnen, schlug der Phon-Anzeiger fast bis ans Ende der Skala aus. Tanzend. Schwankend. Denn die schwächeren Zwischenausschläge erreichten immerhin schon den mittleren Bereich!
„Los!“ hauchte Giacomo.
Doch als er in gebückter Haltung auf das Gebüsch vor dem *Schweinotop* losschleichen wollte, hielt Mecki ihn am Pulli fest.
„He, Giacomo!“
„Was ist denn?“
„Wenn wir sie erwischen . . . Ich meine, was machen wir dann? Die hauen doch bestimmt ab.“
Der lange Hausmeister nickte in die Dunkelheit.
„*Maledetto,* verdammt, du hast recht. Und was jetzt?“
„Keine Ahnung!“
Die beiden hatten so leise gesprochen, daß die anderen sie nicht verstanden. So nah wie möglich drängten sie sich an sie heran.

„Was ist denn los? Warum geht ihr nicht weiter?“
„Wir müssen noch mal zurück!“ zischte Mecki. „Los, wieder ins Schulhaus!“
Hin und her berieten sie in dem finsteren Gang zwischen Giacomos Geräteraum und der Gartentür, wie sie die Kaugummiteufel fangen könnten. Ihnen wollte und wollte keine Lösung einfallen – jedenfalls keine, die der Hausmeister akzeptierte. Denn von „überwältigen“, „fesseln“ oder gar „betäuben“ wollte er nichts wissen.
José schimpfte los: „Echt, du stellst dich an wie meine Mutter: Das ist zu gefährlich, José, das geht nicht! Mann, so erwischen wir die . . .“
„Ich hab's!“ unterbrach Kommissar Spaghetti seinen Kritiker. „Moment!“
Diesmal hielt Mecki ihn nicht zurück, denn er schloß den Geräteraum auf . . .
Eine Minute nur, und Giacomo war wieder zurück. Mit einer Riesenrolle Paketschnur.
„Was ist das? Was hast du da?“ wollte Kathrin wissen und tastete ins Dunkel.
„Ah, Bindfaden!“
„Also doch fesseln. Super!“ José war begeistert – aber nicht lange.

„Fesseln – Spinner! Stolperband ist das", klärte Kommissar Spaghetti ihn auf.
„Stolperband?"
„Klar!" Mecki begriff sofort, was Giacomo damit meinte. „Wir spannen die Schnur in Kniehöhe rund um das *Schweinotop*. Wenn die Kaugummiteufel uns entdecken und abhauen wollen, stolpern sie drüber."
„Super!"
„Genial!"
José war skeptischer als die anderen. „Und dann stehn sie wieder auf und haun endgültig ab. Nee, nee, ohne Fesseln geht das nicht."
Langsam wurde Giacomo ungeduldig. „Jetzt mach mal halblang mit deiner Fessel-Faselei. Draußen ist es fast so dunkel wie hier drinnen. Das heißt, die Bubblegum-Experten können nicht erkennen, wer sie stellt. Wenn sie hinknallen, verhaltet ihr euch mucksmäuschenstill. Ich sprech sie an – mit extra tiefer Stimme, so richtig bedrohlich. Und dann, nicht vorher, fangt ihr an, euch im Hintergrund bemerkbar zu machen: mit den Füßen scharren, mit Zweigen rascheln und so weiter. Dann glauben sie, sie wären von 'ner ganzen Kompanie umstellt, capito?"

„Capito!“ Manchmal dauerte es ja, aber wenn José was einsah, dann sah er es ein.
Zwei Minuten später kaute Benny – im Geräteraum! – genüßlich an dem ersten von drei Schokoriegeln, die sein Herrchen für ihn aus den Tiefen seiner Hosentasche gefischt hatte. „Sicher ist sicher“, begründete Giacomo die Känguruhabschiebung. „Benny hat keine Ahnung, worum es geht. Er redet zwar von Natur aus wenig. Aber was sollte ihn davon abhalten, plötzlich loszuspringen und damit die Kaugummiteufel aufzuschrecken, bevor wir unser Seil gespannt haben?“
Das sahen alle ein. Auch Benny – schmatz.
Draußen klappte alles wie am Schnürchen: Kommissar Spaghetti schlich voran, und die anderen folgten ihm in der derselben Reihenfolge wie zuvor. Den Kaugummisensor ließen sie im Schulhaus zurück. Das pausenlose Geschmatze war so laut, daß sie es ohne Gerät orten konnten.
Sie hatten die Anzahl der Schritte geschätzt, die sie im weiten Bogen um das *Schweinotop* herumschleichen müßten, um das Stolperband zu spannen. Hundertachtzig Schleichschritte – immerhin!

Hundertachtzig geteilt durch sechs gleich dreißig. Nach dreißig Schritten blieb der letzte in der Schleichkette, José, am Boden hocken und legte den Bindfaden in Kniehöhe um einen Busch. Nach weiteren dreißig Schritten war Anna-Maria an der Reihe, dann Kathrin, anschließend Manuela, nach Manuela Mecki und zuletzt Giacomo. Vorsichtig zog er den Bindfaden stramm und verknotete ihn am Geländer der Kellertreppe neben dem Hinterausgang. Der Kreis war geschlossen.

Dann kroch er, die rechte Hand am Stolperband, auf allen vieren den Weg zurück.

Mecki war kurz davor aufzuschreien, als sie ihn im Finstern auf sich zukommen sah. Zum Glück gab Kommissar Spaghetti sich noch rechtzeitig zu erkennen. „Ich bin's", flüsterte er ihr zu und robbte weiter Richtung Manuela.

Nach etwa zehn Metern überstieg er vorsichtig den Bindfaden und näherte sich dem lauter werdenden Geschmatze.

Zentimeter für Zentimeter tastete er sich vor. Verfluchte Dunkelheit! Und dann das Gebüsch: eine unvorsichtige Bewegung, und es raschelte in den Zweigen . . .

Schmatz – schmatz – schmatz – Mann o Mann,

die kauen wie die Weltmeister! Und keinerlei Papiergeknister zu hören. Die haben die Kaugummis bestimmt vorher schon ausgepackt.
Der lange Hausmeister versuchte sich vorzustellen, was sich vor ihm im Dunkeln abspielte: Da hockten die Bubblegum-Attentäter vor ihm im Gebüsch des *Schweinotops* – wie eine Bande räuberischer Cowboys, die im kargen Gestrüpp der texanischen Prärie der nahenden Postkutsche auflauern – wortlos, diszipliniert, professionell – und kauten Kaugummis. Kaugummis! Zu komisch!
Nach dem Ausschlag des Phonmeßgeräts zu urteilen, waren sie zu viert. Oder zu fünft. Auf den Überraschungseffekt kam es an. Er mußte ihnen mit seiner Stimme einen solchen Schrecken einjagen, daß sie sich wie gelähmt ihrem Schicksal ergaben: *Hab ich euch, ha! Keine Bewegung oder …* – Oder was? Egal! Ihm würde schon was einfallen.
Schmatz – schmatz – schmatz. Irgendwie war das Ganze ja seltsam. Einen Moment hatte Giacomo vermutet, *Principessa* Julchen verursache das Geschmatze. Aber Julchen schmatze anders. Lauter. Schweinischer. Und dazu grunzte sie immer wieder mal. Genüßlich, wollüstig. Nein,

Julchen war das nicht. Und außerdem: da schmatzte ja nicht nur einer.
Aber warum kauten sie die Kaugummis draußen vor der Schule weich? Na, dann brauchten sie sich keine Minute länger als nötig im Schulhaus aufzuhalten, mußten die Bubblegums nur noch verstreuen, fertig war die Sauerei. Wenn sie gezielt dabei vorgingen, schafften sie das in weniger als einer Viertelstunde.
Ja, so muß es sein, sagte sich Kommissar Spaghetti. Aber wartet nur – die Stolperschnur ist schon gespannt!
Langsam, langsam schob Giacomo sich weiter vor. Das Schmatzen wurde lauter und lauter ...
In diesem Augenblick riß die Wolkendecke auf. Heller Mondschein ließ das *Schweinotop* wie ein Gespensterschiff aus dem Dunkel auftauchen.
Kommissar Spaghetti legte sich der Länge nach ins feuchte Gras und hielt die Luft an. Wie in Zeitlupe hob er den Kopf und – schüttelte ihn. Die Kaugummiteufel, die unmittelbar vor ihm sitzen oder stehen oder liegen müßten, waren nicht da. Kein einziger. Nichts. Nur dieses pausenlose Schmatzen. Schmatz – schmatz – schmatz.
Das gibt's doch nicht. Da kauen doch vier, fünf Leute! Das hört doch ein Blinder mit 'nem

Krückstock! Giacomo! Giacomo, spinnst du? Hast du Halluzinationen? Nein, hast du nicht! Die andern haben es auch gehört. Und der Kaugummisensor hat reagiert. Da vorne müssen … Da! Was ist das? Da bewegt sich was! Im Gras. Vor dem Rhododendronstrauch. Das müssen sie … Aber am Boden? Liegen die tatsächlich im Gras? So, wie ich? Das kann doch nicht … Verdammt, auch wenn sie da liegen würden: vier oder fünf Menschen im hellen Mondschein vier oder fünf Meter vor mir, die müßte ich doch … NEIN! DAS GIBT ES NICHT! DAS SIND JA … GIACOMO, DU RINDVIEH! DU ELENDES, DUSSELIGES, TROTTELIGES RIESENRINDVIEH! Ha! Hahaaaa! Hahahahahahahahahahahaaaaaaaaaaaaa!

Giacomo Pomeriggio alias Kommissar Spaghetti konnte nicht anders, er lachte los. Schallend laut. Wie am Morgen, auf dem Flur vorm Lehrerzimmer. Und als er sich soweit beruhigt hatte, daß er wieder sprechen konnte, rief er – ein bißchen leiser, um die Anwohner der Schulstraße nicht zu wecken: „He, Mecki, Manuela! José! Anna-Maria, Kathrin! Kommt her! Aber langsam! Ich hab die Schmatzbande gestellt!“

Die Kinder staunten nicht schlecht. War Gia-

como total übergeschnappt? Plötzlich lachte er laut los und brüllte in der Gegend rum. Und dann sollten sie sich auch noch zeigen ... Na ja, er wird schon wissen, was er tut.
Halb neugierig, halb ängstlich kamen sie angeschlichen. Kommissar Spaghetti hockte mittlerweile aufgerichtet im Gras. Seine Schultern zuckten – so lachte er. Lautlos. Und ohne ein Wort zu sagen, wies er mit ausgestreckter Hand auf den großen Busch vor dem *Schweinotop*. Das heißt, vor den großen Busch.
José begriff nicht, was das sollte.
Bis Anna-Maria laut und deutlich sagte, was sie sah: „Igel!"
„*Si, ricci,* Igel. Mama, Papa und drei Kinder. Fünf Igel, die *Principessa* Julchens Essensreste wegputzen. Schmatz, schmatz, schmatz. Und wißt ihr, was *wir* sind? Wir sind die sechs Esel, die sich von ihnen foppen lassen. – Kommt, gehn wir schlafen. Vorher gibt's noch ein Glas Milch mit Honig, das beruhigt die strapazierten Nerven. – Igel! Iiiigel! Ich kann's nicht fassen! Hahaaaa hahahahaaaaaaaaa!"
So recht konnte außer Giacomo niemand in der Kaugummiteufel-Fahndungsgruppe über diesen Reinfall lachen.

„So 'ne Scheiße!“ schimpfte José, und die Mädchen gaben ihm stillschweigend Recht.
Kommissar Spaghetti schmunzelte immer noch, als sie Benny aus dem Geräteschuppen holten, und José fluchte immer noch leise vor sich hin. Dann trotteten sie schweigend durch den Gang Richtung Pausenhalle. Das war kürzeste Weg zur Hausmeisterwohnung. Normalerweise. Wenn nichts passierte.
Aber in dieser Nacht, um kurz vor eins, passierte etwas. Etwas Ungeheuerliches. Verflucht Ärgerliches. Mit dem niemand mehr gerechnet hatte ...
Giacomo und die Kinder hatten sich so an die

Dunkelheit gewöhnt, daß sie kein Licht anmachten. Auch in der Pausenhalle nicht. Immer noch gingen sie im Gänsemarsch. Giacomo vorneweg, José hinterdrein. Zehn Schritte trennten Giacomo noch vom Haupteingang, da passierte es.

„NEIN!!!!" schrie er zum zweitenmal in dieser Nacht. Aber nicht in Gedanken!

Fast konnte man hören, wie den fünf Kindern hinter ihm die Herzen in die Hosen rutschten.

„NEIN!!! DAS DARF NICHT WAHR SEIN! WIR ESEL, ESEL, ESEL, EEEESEEEL!!!"

„Giacomo! Giacomo! Was hast du? Was ist denn?" Meckis Stimme klang so, als befürchtete

sie, der arme Spaghetti hätte jetzt tatsächlich den Verstand verloren.
Und die anderen riefen: „Was ist? Giacomo, was ist?“
„ICH KLEBE FEST – das ist!“
„Kaugummi?“ hauchte Mecki – sie konnte es nicht fassen.
„Kaugummi!“ bestätigte Kommissar Spaghetti. „Und nicht nur eins.“
„Sauerei!“ schimpfte José. Seine weiteren Flüche gingen in Giacomos zweitem nächtlichen Lachanfall unter.
„Die Igel – hahaaaa – die Igel haben uns reingelegt! Abgelenkt! Die Igel sind die Komplizen des Kaugummiteufels!“
Bis auf José und Mecki ließen sich jetzt alle von Giacomos Gelächter anstecken. José fluchte, was das Zeug hielt – auf deutsch und auf spanisch, alles durcheinander. Und Mecki boxte dem Hausmeister in die Seite. „Eh, Giacomo! Sammeln wir das Zeug ein, oder was? Ich meine wegen Frau Nothnagel. Wenn die morgen früh sieht, was los ist, dreht sie total durch.“
Schlagartig stellte der lange Italiener sein Gegackere ein. „Einsammeln? Heute nacht? *No!* Dann gehn wir morgen früh auf dem Zahn-

fleisch. Jetzt gibt es heiße Milch mit Honig, und dann geht's ab in die Heia, basta!"

„Aber vielleicht ist der Kaugummiteufel noch hier", wagte José einzuwenden.

„Von mir aus kann er auch hier bleiben. Diesen Satz im Bubblegum-Turnier hat er gewonnen, das müssen wir neidlos anerkennen. Aber das Spiel noch nicht. – HÖRST DU, KAUGUMMI-TEUFEL? DAS SPIEL NOCH NICHT!"

9

„Wenn Frau Nothnagel sieht, was los ist, dreht sie total durch“, hatte Mecki in der Nacht zu Kommissar Spaghetti gesagt. Aber hatte sie sich auch vorgestellt, was es bedeutete? Sicher nicht, sonst hätte sie Giacomo doch noch davon überzeugt, daß es das beste wäre, die Kaugummis klammheimlich einzusammeln ...

Während sich die jugendlichen Mitglieder der Kaugummi-Fahndungs-Gruppe am Morgen nach der mißglückten Kaugummiteufel-Fang-Aktion eines nach dem anderen aus der Tür zur Hausmeisterwohnung schlichen, um sich unauffällig unter die Schülerinnen und Schüler zu mischen, hetzte Rektorin Isabella Nothnagel durchs Schulgebäude. Wie eine Katze, der ein paar böse Buben eine Blechbüchsenkette an den Schwanz gebunden haben – kreischend, fauchend, Gift und Galle speiend: „Schweinerei! Gemeinheit! Das werdet ihr mir büßen! Allesamt! Saubande, verfluchte!“

So ungerecht es auch war, der gesamten

Schülerschaft mit drakonischen Strafen zu drohen, irgendwie war Frau Nothnagels Zorn verständlich. Denn nach diesem zweiten Kaugummi-Überfall sah die Schule noch schlimmer aus, als nach dem ersten. Insbesondere an bestimmten Orten: Das Lehrerzimmer, die Lehrerinnentoilette und das Büro der Schulleiterin waren mit einer Bubblegumschicht so übersät, daß es der rasenden Rektorin selbst auf Zehenspitzen nicht gelang, klebefreien Fußes ans Telefon oder aufs Klo zu gehen. – Arme Frau Nothnagel, womit hatte sie das nur verdient?
Aber fast noch schlimmer als den Kaugummiterror selbst erlebte Isabella Nothnagel die Untätigkeit, zu der sie sich verdammt fühlte. Denn eines wußte sie genau: alle ihre Racheschwüre an die Adresse der Schüler waren nichts als leere Drohungen, seit ein paar erboste Eltern sie in ihre Schranken verwiesen hatten. Und zwar ganz offiziell über den Elternbeirat. Sie habe kein Recht dazu gehabt, die Kinder zum Sammeln der Kaugummis zu zwingen – auch wenn dieser Zwang als Bitte getarnt gewesen sei. Wenn das noch einmal vorkäme, würde der Elternbeirat Anzeige erstatten.

Zwang! Getarnt! Anzeige! – Ha! Am liebsten hätte Frau Nothnagel diese Eltern zum Bubblegum-Einsammeln in die Erich-Kästner-Schule zitiert – aber dazu hatte sie leider erst recht kein Recht. So blieb ihr nichts anderes übrig, als zum zweiten Mal in dieser Woche den privaten Gebäudereinigungsdienst zu bestellen, eine flammende Anti-Kaugummi-Rede über die Lautsprecheranlage zu halten und ihre Wut an Frau Kertenbach-Besserkrott, Herrn Sack und Giacomo Pomeriggio auszulassen. Frau Kertenbach-Besserkrott verdonnerte sie dazu, das gesamte Notenmaterial der Schule, von *Alle meine Entchen* bis zur *Ziegenpeterpolka*, zu katalogisieren. Herrn Sack trug sie mit einem scheinheiligen Lächeln auf, eine Liste von allen beschädigten Turn-, Physik- und Chemiegeräten zusammenzustellen. Und von Hausmeister Pomeriggio verlangte sie, sämtliche in der Schule befindlichen Schlüssel mit einem Etikett zu versehen.
Kommissar Spaghetti tat so, als hätte er nicht verstanden, was die rachlüsterne Schulleiterin ihm aufs Auge drücken wollte: „Sie meinen, ich solle alle Schüsseln aus die Schule mit eine Schild versehen?" fragte er. „Die Suppenschüs-

seln aus meine Küche ebenso wie die Satellitenschüssel auf die Dach?"
„Nicht die Schüsseln, Sie Schussel, sondern die Schlüssel. Mit L wie Ludwig!"
„Und wo finde ich diese Ludwig, die mich dabei soll behilfelich sein?"
„Ludwig, Ludwig . . . Stellen Sie sich nicht dümmer als Sie sind! Sie wissen ganz genau, was ich von Ihnen will. Alle Schlüssel bekommen ein Schild: der Schlüssel zum Musiksaal, der Turnhallenschlüssel, die Schlüssel für die Ausstellungsvitrinen, die Toilettenschlüssel – alle Schlüssel. Habe ich mich jetzt verständlich ausgedrückt?"
„O ja, sehr verständlich, Signora Nothenagel. Alle Schlüssel bekommen eine Schild. Ist das Ihre einzige Anweisunge oder haben Sie noch eine bestimmte Wunsche bezügelich die Zettel, die ich hängen werde an die Schlüssel von die Schule?"
„Ein bißchen werden Sie Ihren Grips ja wohl noch selbst anstrengen können, oder?" Damit war die Sache für Frau Nothnagel erledigt.
Nicht aber für Kommissar Spaghetti! Mit einem extra freundlichen Lächeln – das man allerdings auch als breites Grinsen bezeichnen

könnte – verabschiedete er sich von seiner Dienstvorgesetzten, um sich an die Arbeit zu machen. Jedem Schlüssel gab er einen Namen, der sein Aussehen oder seine Funktion genau beschrieb: Den Schlüssel zum Lehrerklo nannte er *Donnerstecker*, den kleinen Vitrinenschlüssel *piccolo*, der Sicherheitsschlüssel für den Ölkeller hieß ab sofort *Siebenzack*, der für den Dachboden *Luftikus* und den Schlüssel zu Frau Nothnagels Büro taufte er *Meckeröffner*. Diese Schlüsselnamen-Neuschöpfungen schrieb er auf kleine Pappschildchen, die er aus einem Schuhkarton geschnitten hatte, und befestigte sie mit einem Stück Draht an dem jeweiligen Schlüssel.

Obwohl niemand außer Frau Nothnagel und Kommissar Spaghetti von dem Schlüsselauftrag wußte, erfuhr in der großen Pause die ganze Schule, daß dem Hausmeister das Kunststück gelungen war, die Rektorin noch wütender zu machen, als sie eh schon war.

Diesmal brauchte Frau Nothnagel keine Lautsprecheranlage, um ihrem Ärger Luft zu machen. Nachdem Giacomo fein säuberlich einen Schlüssel neben dem anderen auf ihrem Schreibtisch plaziert hatte, explodierte Isabella Noth-

nagel. Zuerst wurde sie krebsrot, dann leichenblaß. Und als sie loskreischte, vibrierten die Fensterscheiben derart, daß Kommissar Spaghetti befürchtete, sie könnten zerspringen.

Was Frau Nothnagel von sich gab, möchte ich an dieser Stelle nicht wiederholen. Ich will nur soviel verraten: In dem Wortschwall, den sie über den schmunzelnden Hausmeister ausschüttete, wimmelte es nur so von Ausdrücken, die auf unterschiedlichste Weise menschliche Ausscheidungsprodukte oder Lebewesen aus dem Tierreich bezeichneten; die meisten fingen mit *sch* an.

Der Höhepunkt ihrer Schimpfkanonade war jedoch die Anklage, die die Rektorin dem langen Italiener an den Kopf schleuderte: „Ich habe Sie durchschaut, Herr Pommeritzklo! Mit Ihren Unverschämtheiten und Sauereien wollen Sie mich aus der Schule ekeln. *Sie* haben die Kaugummis verstreut. Sie allein! Das werde ich Ihnen beweisen. Und dem Schulamt! Und der Polizei!"

„Und dem Bundeskanzler", fügte Kommissar Spaghetti amüsiert hinzu, bevor er beschwingten Schritts das Rektorenzimmer verließ. Anhaben konnte sie ihm nichts. Der Kaugummiteufel war jemand anders, und was die Schlüsselanhänger anging: Frau Nothnagel hatte ihm ausdrücklich aufgetragen, selbst zu entscheiden, wie die Etiketten aussehen sollten.

Soviel Spaß ihm die Schlüsselaktion auch gemacht hatte, der Aufklärung der geheimnisvollen Kaugummianschläge brachte sie ihn keinen Millimeter näher. Aber aufklären wollte er sie. Um jeden Preis. Nicht wegen Frau Nothnagel und, wenn er ehrlich war, auch nicht wegen der Schüler, die unter den Folgen der Attentate zu leiden hatten. Nein. Seine Ehre stand auf dem Spiel. Seine Ehre als Kommissar. Denn auf diesen Titel, den ihm Kathrin nach den ersten schwierigen Wochen in der Erich-Kästner-Schule verliehen hatte, war Giacomo ebenso stolz wie auf seine einhundertneunundneunzig Zentimeter Körperlänge. Doch in diesem Fall sah es so aus, als sollte sein Spürsinn versagen.

Sogar seine Freunde vom *Ersten und letzten italienisch-deutschen Nonsens-Erfinder-Club der Weltgeschichte* und die kriminalistisch begabtesten Kinder hatte er eingeschaltet – vergeblich. Der Kaugummiteufel vereitelte sämtliche Fahndungsanstrengungen schon im Ansatz.

Fahndungsanstrengungen? Hatten sie denn überhaupt schon nach dem Kaugummiteufel gefahndet? Nein. Sie hatten eine Maschine gebaut und versucht, ihn mit Hilfe dieser Maschine auf frischer Tat zu ertappen. Eine Fahndung war was anderes. Ein Fahnder fragte nach Motiven für die Tat. Untersuchte den Tatort nach Spuren. Und stellte Vermutungen über mögliche Täter an. All das war im Fall der Kaugummianschläge nicht geschehen.

Ein alter Esel bist du, Giacomo! Hast dich mit der Konstruktion des Kaugummisensors selbst geblendet! Also los – Fehler sind da, um aus ihnen zu lernen.

Gesagt, getan. Kurz vor Ende der großen Pause raunte er auf dem Schulhof Mecki zu: „Heute nachmittag um sechzehn Uhr in eurer Klasse. Sag den andern Bescheid."

„In unserer Klasse?" wollte Mecki noch fragen, aber da war Giacomo schon weitergegangen.

10

Um fünf nach vier hatte sich die Fahndungsgruppe vollständig im Klassensaal versammelt. Gespannt warteten die Kinder auf eine Erklärung ihres Oberfahnders Giacomo, denn bisher hatten sie sich zu ähnlichen Anlässen immer in der Hausmeisterwohnung oder in der Turnhalle getroffen.
Giacomo kam gleich zur Sache.
„Ihr wundert euch sicher, wieso unsere Sitzung heute hier in der Klasse stattfindet."
Allgemeines Nicken.
„Ganz einfach: Ich brauche die Tafel."
Mit zwei senkrechten Kreidestrichen unterteilte er die Wandtafel in drei gleichgroße Felder. In jedes Feld schrieb er eine Überschrift: *Motive* ins erste, *Spuren* ins zweite und *mögliche Täter* ins dritte. Dann forderte er seine Mitstreiter auf, ihm zuzurufen, welche Motive für die Kaugummianschläge ihnen einfielen: „Ganz gleich, was es ist. Auch wenn es euch blöd, albern oder unsinnig vorkommt. Streichen können wir es immer noch. Also los!"

Zuerst traute sich niemand so recht. Aber nachdem José *Kaulust* gerufen und Giacomo, ohne eine Miene zu verziehen, *Kaulust* als mögliches Motiv an die Tafel geschrieben hatte, war der Bann gebrochen. Kommissar Spaghetti kam kaum mit dem Schreiben nach, so schnell folgten die Zurufe aufeinander:
„Nothnagel ärgern."
„Unterricht stören."
„Herr Sack will beweisen, daß es Außerirdische gibt."
„Gebäudereinigungsfirma verschafft sich Arbeit."
„Übungsraum für Spuckweltmeister."
„Kaugummi-Industrietest."
„Frau Nothnagel aus der Schule ekeln."
„Rache."
„*Bene,* gut", sagte Giacomo, nachdem den Fahndern die Luft ausging „Jetzt alles, was euch zu *Spuren* einfällt."
Diesmal machte Manuela den Anfang.
„Keine."
Alle schauten sie an: Keine?
„Was glotzt ihr so blöd? Habt ihr vielleicht 'ne Spur gesehen?"
„Nee", stellte José erstaunt fest, und die anderen stimmten ihm kopfnickend zu.

„Also gut. Keine Spuren“, brummelte Giacomo und zog einen dicken, schrägen Kreidestrich durch das mittlere Tafelfeld.
„Und jetzt zu den *möglichen Tätern*.“
„Frau Nothnagel!“ rief Mecki.
Alles lachte, und Kathrin fragte: „Hä?“
„Keine Diskussion. Dazu kommen wir später“, stoppte Kommissar Spaghettis Baß die weiteren Äußerungen zur Person der ersten Verdächtigen, und diszipliniert setzte die Fahndungsgruppe ihre Arbeit fort. Das heißt, sie wollte damit beginnen, ihre Arbeit fortzusetzen. Aber zu einer Fortsetzung kam es nicht.
Schuld daran war ein Geräusch, das in diesem Moment durchs Schulhaus hallte. Es veranlaßte Kommissar Spaghetti, in einem Affenzahn die Tafel abzuwischen und auf leisen Sohlen zusammen mit Kathrin, Anna-Maria, Mecki, Manuela und José das Schulgebäude durch den Hintereingang zu verlassen.
Was für ein Geräusch sich derartig auswirken konnte? Das Geräusch einer hochtourig laufenden, meterdicke Baumstämme durchschneidenden Kreissäge, was denn sonst. Wer dieses Geräusch verursachte? Frau Nothnagel, wer denn sonst!

Die Rektorin war mit den Arbeitern der Gebäudereinigungsfirma in die Schule gekommen, die zum zweiten Mal in dieser Woche zum Kaugummieinsatz anrückten. Sie wollte die Arbeit überwachen – und sich nach Spuren umsehen, die auf den vermeintlichen Verursacher der Kaugummisauerei hinwiesen – auf Hausmeister Pomeriggio.
Während Frau Nothnagel wie ein Rauschgiftsuchhund schnüffelnd durch die Klassenräume schlich, versuchten die Mitglieder des Kaugummifahndungsteams in Kommissar Spaghettis Küche den weggewischten Tafelanschrieb zu rekonstruieren. Als sie beim Stichwort *keine Spuren* angelangt waren, sprang Giacomo von seinem Stuhl auf und stakste aufgeregt mit Siebenmeilenschritten vor der Spüle auf und ab.
„Keine Spuren, keine Spuren", wiederholte er dazu mit der Eintönigkeit einer Gebetsmühle. „Kein Fenster eingeschlagen, keine Tür aufgeknackt ... Entweder der Kaugummiteufel ist ein professioneller Einbrecher, oder er hat einen Schlüssel für die Schule. Und zwar für den Haupteingang. Sonst hätten wir ihn gestern nacht an der Hintertür überrascht."

„Oder er hat sich schon am Nachmittag in der Schule versteckt, bevor du abgeschlossen hast“, gab Annna-Maria zu bedenken. „Und nachdem er die Kaugummis verstreut hat, ist er durch ein Fenster im Erdgeschoß abgehaun.“

„Stimmt. Bravo, Anna-Maria! – Und, was bedeutet das für uns?“

„Wir müssen jetzt jeden Nachmittag das Schulhaus nach ihm absuchen“, schloß Mecki messerscharf. „Wenn er dann trotzdem wieder zuschlägt und nichts beschädigt, wissen wir, daß er Einbruchsprofi ist oder einen Schlüssel hat.“

Giacomo nickte. „Richtig!“

Nur José war mit Meckis Schlußfolgerung unzufrieden – genauer: mit den Folgen ihrer Schlußfolgerung. „Und wenn er erst in zwei Wochen wieder zuschlägt, sollen wir dann jeden Tag . . .“, begann er zu maulen.

Mecki fuhr ihm über den Mund: „Brauchst ja nicht mitzumachen.“

„Bääh!“ war die kindisch eindeutige Antwort.

Mecki wollte sofort mit der Suche beginnen. Aber noch war Frau Nothnagel im Haus.

„Die schlägt selbst den teuflischsten Kaugummiteufel in die Flucht“, meinte Kommissar Spaghetti, und das Fahndungsteam stimmte ihm zu.

„Also, sobald Frau Nothnagel abgezogen ist, geht ihr auch nach Hause.“
Daraufhin stimmte ihm niemand zu, aber alle taten, was er sagte.

Als seine Mitstreiter gegangen waren, setzte sich Giacomo zu Benny Känguruh ins Wohnzimmer und führte sich eine ordentliche Portion denkförderndes Vitamin B zu – in Form von Erdnüssen, die auch sein Hausgenosse zu schätzen wußte.
Bei seinen Überlegungen stolperte er immer wieder über das Ergebnis der nachmittäglichen Fahndungsüberlegungen: *keine Spuren*. Daß sich der Kaugummiteufel bereits am Nachmittag in der Schule einschließen ließ, war zwar möglich, aber irgendwie unwahrscheinlich. Den ganzen Nachmittag und den Abend in der Schule zu verbringen, das erhöhte doch für den Attentäter die Gefahr, entdeckt zu werden! Nein, wenn er zuschlug, dann kam er nachts.
Also angenommen, er kommt nachts. Und weiter angenommen, er kommt durch die Tür. Dann brauche ich doch nur ... Natürlich! – Aber schaffe ich das allein? ... Schwerlich ... Die Kinder können nicht schon wieder über Nacht von

zu Hause fortbleiben. Also darf ich ihnen meinen Plan nicht verraten. Jemand anders muß mir helfen. Jemand anders. Hm ... natürlich!“
Daraufhin griff Kommissar Spaghetti zum Telefon und wählte eine Geheimnummer, die nicht einmal die Auskunft der Telekom kannte ...

Es war schon elf Uhr durch – elf Uhr abends – als ein amerikanischer Straßenkreuzer Marke „Gangsterlimousine“ vor der Erich-Kästner-Schule parkte. Vier Personen stiegen aus und gingen schnurstracks zur Hausmeisterwohnung: eine Frau in der Offiziersuniform der Heilsarmee, ein leicht angefetteter Bodybuilder und zwei Männer, die vier silbrig glänzende Metallkoffer mit sich schleppten. Klarer Fall: unter der Maske der Heilsarmeeoberin verbarg sich die berühmte Fernsehmoderatorin Charlotte Bizzl. Der speckige Muskelprotz war ihr Leibwächter Lohengrin. Und die anderen Herren stellten sich Kommissar Spaghetti als Kameramann Lucky und sein arabischer Kollege Mach'-ma Hall vor, der für den Ton zuständig war.
In Giacomos Wohnzimmer holten die beiden ihre Ausrüstung aus den Koffern und machten Kamera und Dat-Recorder aufnahmebereit.

Derweil hockten sich Charlotte Bizzl und ihr Leibwächter zu Giacomo in die Küche und halfen ihm kauen.
Kauen, nicht essen! Denn kurz vor Ladenschluß hatte Kommissar Spaghetti den Fahrradanhänger an seinen Drahtesel gekuppelt und war damit zum Supermarkt geradelt. Dort hatte er den gesamten Vorrat an Kaugummis aufgekauft, den der Filialleiter in den Regalen und im Lager auftreiben konnte – immerhin einen halben Zentner! – und ihn per Anhänger bis vor seine Wohnungstür transportiert.
Ja, und nun saßen sie da und kauten. Nach anderthalb Minuten war ein Kaugummi weich und konnte in einen eigens dazu bereitgestellten Eimer gespuckt werden. Jeder hatte seinen eigenen Eimer: Giacomo, Lohengrin und Charlotte – aus hygienischen Gründen, versteht sich. Schweigend kauten und spuckten sie eine Viertelstunde vor sich hin, bis der TV-Lady Zweifel kamen.
Stirnrunzelnd fragte sie den Hausmeister: „Sag mal, Giacomo-Schatz, kriegen wir die Bubbles überhaupt wieder rausgepult, wenn wir sie verstreuen wollen?"
„Ich hoffe doch", war die einsilbige Antwort –

vom vielen Kauen schmerzten ihm bei jedem Wort die Kiefergelenke.

„Na, ich weiß nicht“, antwortete die Bizzl und griff beherzt in ihren Eimer, um ein vor etwa fünf Minuten hineingespucktes Kaugummi herauszufischen. Sie hatte richtig vermutet: die Bubblegums klebten aneinander, und statt des einen, das sie aus dem Eimer zu heben versuchte, hing eine ganze Kaugummitraube an ihren langen, zangenartigen Fingernägeln.

Kommissar Spaghetti fluchte, was das Zeug hielt und beschloß, das Vorkauen zu lassen. Zu dritt befreiten sie die restlichen zwanzig Kilogramm Kaugummi von der Verpackung und schleppten sie – gefolgt von Lucky und seinem Kollegen Mach’ma Hall – in vier Plastiktüten hinüber zur Pausenhalle.

Da ging’s dann richtig los: kauen, spucken, kauen, spucken, kauen, spucken, kauen, spucken. Im Dunkeln, denn durch die großen Fensterscheiben der Pausenhalle fiel Mondlicht . . .

Von der Treppe aus filmte Lucky das Treiben der drei, und Mach’ma Hall nahm es – Schmatz für Schmatz und Flupp für Flupp – auf Tonband auf.

Nein, Kommissar Spaghetti hatte nicht den Verstand verloren. Vielmehr hatte er beschlossen, den Kaugummiteufel mit seinen eigenen Waffen zu schlagen: Sollte er sich im Laufe der Nacht in die Schule schleichen, würde er unweigerlich auf den frischen Bubblegums kleben bleiben, die hinter jeder Tür in zentimeterdicker Schicht auf ihn warteten. Kam er nicht, würde er mit Sicherheit davon erfahren, daß ihn jemand imitierte. Das würde ihn wütend machen und zu einer noch verrückteren Tat verführen. Das war die Rechnung, die Kommissar Spaghetti aufgemacht hatte.

Charlotte Bizzl half ihm, unterstützt von ihrem Leibwächter, erst einmal beim Kauen. Dann wollte sie in ihrer Sendung einen Film zeigen: *Pfui Deibel – der Kaugummiteufel in Aktion* und den Attentäter in ihre Show einladen. Falls ihr Kameramann ihn nicht erwischte, würde sie auf die Bilder zurückgreifen, die Giacomo, Lohengrin und sie selbst als kaugummispeiende Schemen zeigte – als Personen nicht zu identifizieren und doch als Kaugummispeier zu erkennen.

Zwanzig Minuten trieben die drei in der Pausenhalle ihr Unwesen – dann hörte Mach'ma Hall in seinem Kopfhörer Schritte einer vierten Person. Der Kaugummiteufel! schoß es ihm durchs

Hirn. Er boxte seinem Kollegen Lucky in die Seite, und der schwenkte die Kamera in die Richtung, wohin der Tontechniker wies.
Auf dem Videobildschirm erkannte er ein zwergenähnliches Wesen, das, vom hinteren Ende der Pausenhalle kommend, auf die Eingangstür zuschlich, wo nach wie vor Charlotte, Leibwächter Lohengrin und Kommissar Spaghetti um die Wette kauten und spuckten. Mit beiden Händen trug es ein längliches Gerät vor sich her, das den Kameramann an eine Bombe erinnerte.
Mein Gott, dachte Lucky, vielleicht hat er diesmal kein Kaugummi-Attentat vor, sondern ein . . .
In diesem Augenblick rannte der Zwerg los. Direkt auf Giacomo und Co. zu. Und dabei kreischte er laut und schrill und lange wie eine Kreissäge, die einen Marmorblock zerschneidet: „Hände hoch! Und keine Bewegung!“
„Na, die hat uns noch gefehlt“, murmelte Kommissar Spaghetti und hob – ebenso wie Charlotte – die Arme.
Im selben Moment ließ sich Fürchtegott Lohengrin zu Boden fallen. Und im Fallen zog er seinen 45er Colt Marke Magnum aus dem Holster.

„Nein!“ brüllte Giacomo. „Lohengrin, mein Gott, machen Sie keinen Mist! Das ist Frau Nothnagel! Mit ’nem Feuerlöscher!“
Zu spät – für Lohengrin. Denn Frau Nothnagel drückte ab.
In Sekundenschnelle verwandelte sie Charlotte Bizzls Leibwächter in einen Schneemann – pardon, in einen Schaummann.
Kommissar Spaghetti gefiel das gar nicht. Da machten sie sich gegenseitig das Leben schwer, und in der Zwischenzeit schlug der Kaugummiteufel womöglich in einem anderen Winkel der Schule von neuem zu.
Aber Charlotte Bizzl war begeistert. „Habt ihr alles im Kasten?“ rief sie ihrem Team zu, und Lucky und Mach’ma Hall brüllten nicht weniger begeistert zurück: „Logo, Charlotte!“

11

Natürlich war Frau Nothnagel felsenfest davon überzeugt, die Kaugummiteufel auf frischer Tat ertappt zu haben, und wenn Charlotte Bizzl nicht gewesen wäre, würde sie das heute noch glauben.

Ja, die Bizzl . . . Aus ihrer Show war sie es gewohnt, mit Verrückten aller Art fertig zu werden. Frau Nothnagel war da nicht einmal ein besonders schwerer Fall. Charlotte ging ihr um den Bart und seifte sie mit Schmeicheleien ein, daß es Giacomo in den Ohren pfiff.

„Von Frau zu Frau", sprach sie mit Gewitterhexe Isabella. „Liiiiebe, Frau Nothnagel", gurrte sie. „Ich verstehe Sie ja soooo gut. Aber Sie kennen mich doch. Und Lohengrin auch. Denken Sie doch nur an die Geschichte mit den Pausenbroten. Sie wollen doch nicht noch einmal Opfer Ihres eigenen Argwohns werden, oder? Stellen Sie sich vor, ich bringe das im Fernsehen. Neiiiin, Frau Nothnagel, vor aller Welt lächerlich machen will ich Sie nun wirklich nicht. Und

Sie wollen das doch auch nicht, oder? Sonst steht zum Schluß dieser eitle Pomeriggio als der Sieger da. Nicht auszudenken, was?"
Ganz ohne das gewohnte *Whow!*, *Super!* und *Geil!* schaffte sie es, die Schulleiterin um den Finger zu wickeln und sie so weit zu bringen, daß sie sich Giacomos Erklärung und seinen Plan anhörte. Und nachdem sie ihr im Anschluß an dessen Ausführungen ein weiteres Kilo Honig um den Bart geschmiert hatte, schnappte sich Frau Nothnagel doch tatsächlich eine der drei Bubblegumtüten und rief: „Also gut, ich übernehme die Tür zum Schulgarten. Aber wenn der Kaugummiteufel heute nacht nicht in die Falle tappt, dann schleppe ich den Pommericko zum Schulrat, so wahr ich Isabella Nothnagel heiße!"

Eine Stunde später waren alle Ein- und Ausgänge der Erich-Kästner-Schule kaugummigepflastert. Der Kaugimmiteufel konnte kommen.
Aber er kam nicht. Stunde für Stunde hockten die Kaugummiteufel-Fallensteller und die Kaugummiteufel-Fallensteller-Filmer auf ihren Posten in der Pausenhalle und im Flur vor der Tür zum Schulgarten. Es wurde ein Uhr, zwei

Uhr, drei Uhr nachts. Frau Nothnagel malte sich schon aus, wie sie ihren Hausmeister am Schlafittchen packen und vor den Schulrat schleppen würde, da spürte sie einen Luftzug im Nacken. Sofort bohrte sie Charlotte Bizzl, die neben ihr im Gang hockte, den Zeigefinger zwischen die Rippen: Da wird eine Tür geöffnet. Oder ein Fenster!

Angestrengt starrten die beiden in die Dunkelheit.

Tatsache: langsam, ganz langsam schob sich die Tür zum Schulgarten auf, und herein trat eine bucklige Gestalt. Zwei weitere Bucklige folgten ihr. Schemenhaft hoben sich ihre Umrisse von der helleren Wand ab. Der erste Bucklige schien den anderen zuzuwinken, dann huschte er los und – knallte hin.

„Au!!!"

„Was ist?" raunte jemand. „Hast du dir weh getan."

„Halb so wild – aber hier ist alles voller Kaugummis", war die geflüsterte Antwort.

„Kaugummis?" fragte die Stimme hinter ihm – und diesmal kam die Antwort von Frau Nothnagel: „Jawohl! Kaugummis! Jetzt haben wir euch Saubande!"

Mit diesen Worten sprang sie auf und stürmte, den Feuerlöscher im Anschlag, auf die Buckligen los.
Die beiden Hinteren warteten nicht, bis sie mit Löschschaum eingeseift wurden. Sie machten auf dem Absatz kehrt, und waren in Nullkommanichts in der Dunkelheit verschwunden.
Der zu Fall gebrachte Kaugummiteufel wollte aufspringen. Aber die von der Schulleiterin eigenmündig hingespuckten Kaugummis hielten ihn fest. Und als er endlich auf den Beinen stand, versperrten ihm Frau Nothnagel und Charlotte Bizzl den Weg nach draußen. Gleichzeitig tobten von rechts Lucky und Mach'ma Hall durch den Flur und von links Kommissar Spaghetti.
Der Kaugummiteufel saß in der Falle. Das wußte er auch. Und weil er es wußte, schlug er – mit Worten – nur so um sich.
„Sie alte Hexe!" schrie er die Rektorin an. „Sie Hexe, Sie Hexe, Sie Hexe!"
„Aber Herzchen, was hat dir die Frau denn getan?" wandte sich Charlotte in ihrer bekannt einfühlenden Art an den Tobenden.
„Was sie mir getan hat? Meine Lehre hat sie mir vermasselt. Meine Ausbildung!"

„Mirko!“ hauchte Frau Nothnagel – jawohl, sie hauchte es. „Mirko Lukajanow.“

„Lukajanow?“ Kommissar Spaghetti richtete den Lichtkegel seiner Taschenlampe auf das Gesicht des jungen Mannes. Die Ähnlichkeit mit seiner Mutter war verblüffend.

„Du kennst ihn?“ fragte Charlotte Bizzl ihren Clubkameraden.

Giacomo nickte. „Nicht persönlich. Aber seine Mutter kenne ich. Die war Putzfrau an dieser Schule . . . “

„Bis die Hexe sie entlassen hat!“ schrie der Junge.

„Und was hat das mit deiner Ausbildung zu tun?“ hakte die Moderatorin zielsicher nach.

„Können Sie sich das nicht denken?“ blaffte Mirko Lukajanow sie an. „Ich leb allein mit meiner Mutter. Und seit sie keinen Job mehr hat – glauben Sie, meine Ausbildungshilfe reicht uns da?“

Giacomo nickte. „Deshalb mußtest du deine Lehre abbrechen. Um dazu zu verdienen.“

„Dazu? Alles muß ich verdienen! In dieser beschissenen Kaugummifabrik!!!“ schrie Mirko, offensichtlich den Tränen nahe. Dann riß er sich den Buckel vom Rücken – den Rucksack, der im Dunkeln wie ein Buckel ausgesehen hatte – und leerte den Inhalt mit einer schnellen, wütenden Geste über Frau Nothnagels Kopf: fünftausend Kaugummis oder mehr. Alle ohne Papier. Aber zum Glück – für Frau Nothnagel – noch nicht vorgekaut.

„Du! Du!“ schrie sie den Jungen an, der jetzt, offensichtlich ein wenig erleichtert, schwer atmend, aber grinsend vor ihr stand. Hätte Charlotte sie nicht festgehalten, die Rektorin hätte sich auf ihn gestürzt.

Doch der Klammergriff brachte Frau Nothnagel nicht zur Besinnung. Er machte sie nur noch wütender.

„Richtig war das!“ keifte sie. „Absolut richtig!

Solche Leute wie deine Mutter und dich kann man nicht früh genug entlassen!“
Jetzt mußte Kommissar Spaghetti eingreifen. Er packte Mirko fest am Oberarm und hinderte ihn so daran, seiner ehemaligen Schulleiterin eine Ohrfeige zu verpassen. „So kommen wir nicht weiter“, knurrte er dabei.
„Weiter kommen wir nur, wenn die Hexe meine Mutter wieder einstellt!“ schrie der Junge.
„Pah!“ antwortete Frau Nothnagel, und in das Schweigen, das sich darauf meterdick zwischen Mirko und seine Widersacherin legte, sagte Kommissar Spaghetti ruhig, aber laut und deutlich: „Ja, Frau Nothnagel, Sie müssen Frau Lukajanow wieder einstellen. Eine Putzfrau allein ist mit dem Saustall hier überfordert.“
Mirko wandte sich mit einem unendlichen Staunen im Blick zu dem langen Hausmeister um, und Frau Nothnagel kreischte: „Niemals!“
„Doch“, entgegnete Kommissar Spaghetti in demselben ruhigen Tonfall. „Und zwar morgen schon.“
Frau Nothnagel giftete ihn an wie eine ausgehungerte Natter. „Sie haben wohl den Verstand verloren, was? Wollen Sie mir etwa sagen, was ich zu tun habe? Sie ...“

Giacomo ließ seine Vorgesetzte nicht ausreden. „Jawohl, das will ich. Und Sie werden tun, was ich Ihnen sage. Denn erstens habe ich recht. Und zweitens wird dieser junge Mann sonst im Fernsehen, vor Millionen von Zuschauern, wiederholen, daß Sie ihm seine Zukunft verbaut haben."
„Ja, das wird er!" wandte sich nun Charlotte Bizzl mit dem freundlichsten Lächeln der Welt an die kleine Rektorin. „Und zwar in meiner Show."
Auf dem Gang herrschte Totenstille. Nur die Kamera und der Dat-Recorder summten leise vor sich hin.
„Das ist Erpressung!" zischte Isabella Nothnagel.
„Richtig", bestätigte Kommissar Spaghetti. „Erpressung. Aber für einen guten Zweck. Nun? Was ist? Stimmen Sie meinem Vorschlag zu?"
„Das muß ich mir noch überlegen."
„Dürfen Sie, dürfen Sie", grinste der lange Hausmeister. „Ich zähle bis drei: eins – zwei – drei. Nun, was ist?"
Frau Nothnagel knirschte mit den Zähnen, als hätte sie statt Kaugummis Sand gekaut. Dann sog sie durch die zusammengebissenen Zähne

Luft ein und fauchte: „Gut, ich stelle sie wieder ein."

„Und ich hebe den Film vorsichtshalber zehn Jahre lang auf", fügte Charlotte lächelnd hinzu – bevor sie ihrem Kumpel Giacomo so heftig auf die Zehen trat, daß ihm der Schmerz durchs ganze Bein fuhr. Dann kletterte sie auf den Heizkörper neben ihm und flüsterte ihm mit bitterbösem Unterton ins Ohr: „Das war dafür, daß du mir die Kaugummiteufel-Show vermasselt hast, du Scheusal! Jetzt kann ich den Jungen ja wohl nicht mehr ins TV bringen! – So, und jetzt tret ich dir noch in den Hintern!"

Zack – gesagt, getan.

„Und das war dafür, daß du meine Freundin Mecki und ihre Freunde erst kaugummiheiß gemacht hast, um sie dann hängenzulassen wie die Unterhosen auf der Wäscheleine deiner Urgroßmutter."

„Aber ...", wollte Kommissar Spaghetti einwenden, doch Charlotte ließ ihn nicht zu Wort kommen.

„Kein Aber! Die Kinder werden entschädigt. Und zwar morgen schon! Du berufst im Laufe des Tages telefonisch eine Sondersitzung unseres Vereins ein, ist das klar?"

Giacomo nickte mechanisch, und Charlotte tätschelte ihm liebevoll die Wange – brav, mein Schatz, brav! Dann ließ sie die Katze aus dem Sack.

„Und auf dieser Sitzung, mein Schnuckelbär, werden wir beide einen Antrag stellen und, wenn es sein muß, auch durchboxen. Dieser Antrag wird lauten: Der *Erste und letzte italienisch-deutsche Nonsens-Erfinder-Club der Weltgeschichte* erweitert seine Vereinsstruktur um eine Jugendgruppe. Mitglieder dieser Jugendgruppe werden Anna-Maria, Kathrin, Manuela, José und Mecki, wobei letzterer die Leitung der Gruppe angeboten wird."

Kommissar Spaghetti drückte seiner Vereinskameradin einen Knallkuß von der Güte eines Chinaböllers auf die Wange und hob sie schwungvoll von der Heizung. Dann sagte er fröhlich wie die Morgensonne, die ihre ersten Strahlen nach dem Dachfirst des Schweineschlößchens draußen im Garten ausstreckte: „Super Formulierung, Charlotte-Baby. Könnte glatt von Frau Nothnagel stammen."

Wie zur Antwort hob die Schulleiterin die Hand und tippte sich mit dem Zeigefinger gegen die Stirn. Ob sie damit sich selber meinte?

PRINCIPESSA

Geisterhafter Gruselspass

KERLE

Die beiden Teeniegeister Hegel und Schlegel haben sich auf das Unvollständig-Unsichtbarmachen spezialisiert. Hegel ist philosophisch veranlagt, bebrillt und ernst. Schlegel reimt unentwegt. Ob das ausreicht, um in der „einzigen selbstverwalteten Geisterbahn der zivilisierten Welt" eine Spukheimat zu finden? Einer Geisterbahn, auf der echte Geister das Spuken haben!?

Ab 8 Jahren.
Durchgehend illustriert
144 Seiten, Pappband
ISBN 3-451-70135-9

KERLE